岁月深处的沉香民国奇女子系列

岁月桥头浣锦纱

SU QING SUIYUE QIAOTOU HUANJINSHA

苏青

陈甜甜 著

内蒙古人人出版社

图书在版编目（CIP）数据

苏青：岁月桥头浣锦纱/陈甜甜著. —呼和浩特：
内蒙古人民出版社，2018.8
（岁月深处的沉香：民国奇女子系列）
ISBN 978 – 7 – 204 – 15567 – 5

Ⅰ．①苏… Ⅱ．①陈… Ⅲ．①散文集 – 中国 – 当代
Ⅳ．①I267

中国版本图书馆 CIP 数据核字（2018）第 173701 号

**苏青：岁月桥头浣锦纱**

| | |
|---|---|
| 作　　者 | 陈甜甜 |
| 策划编辑 | 王　静 |
| 责任编辑 | 董丽娟　贾大明 |
| 封面设计 | 安立新 |
| 出版发行 | 内蒙古人民出版社 |
| 地　　址 | 呼和浩特市新城区中山东路 8 号波士名人国际 B 座 |
| 网　　址 | http：//www. impph. cn |
| 印　　刷 | 内蒙古恩科赛美好印刷有限公司 |
| 开　　本 | 880mm×1230mm　1/32 |
| 印　　张 | 6. 75 |
| 字　　数 | 150 千 |
| 版　　次 | 2020 年 6 月第一版 |
| 印　　次 | 2020 年 6 月第一次印刷 |
| 印　　数 | 1—2000 册 |
| 书　　号 | ISBN 978 – 7 – 204 – 15567 – 5 |
| 定　　价 | 26. 00 元 |

如发现印装质量问题，请与我社联系。联系电话：（0471）3946120

# 序　言

　　滔滔浊浪，十里洋场。喧嚣的城市中，有这样一个单薄的孤独的灵魂，为红尘爱恨伤得千疮百孔，被世俗烟雨呛得泪眼婆娑。世事太无常，一场场灯红酒绿，一次次阿谀谄媚，不过换来了多风多雨的人生，最终也不过成就了真挚深情的文字。

　　人生就像场多舛的旅行，从呱呱坠地到咿呀学语，从步履矫健到蹒跚而行，岁月从未停下，它穿过了喧嚣的城市，穿过了宁静的村庄，穿过了炎炎夏日，穿过了冷冽寒冬。这是光阴最美的馈赠，给枯燥乏味的生活增添了些许感动。

　　那个惊艳上海的林徽因，在凡尘的烟海里满目苍凉，是因为爱上了一座城，更因为城市里关于风月的往事。那个徒步沙漠的风尘浪子三毛，看尽了人间繁华与凄凉，只为了以华丽的姿态演一场爱情的戏，戏里是一往情深，戏外是萍水相逢，但无论怎样，在早就注定的缘分里，她似乎只能认命。而这本书的主人公——苏青的一生，像是搁在闺房的一道屏风，越是端详，越是神秘。

　　她写"世间上没有永远的春天，也没有长久的梦"。她的笔下多是冷暖自知的故事，好似她自己就是一个江湖。她明媚，她率真，她想要的安稳和平静，在被世人反复阅读的书籍里都能找到丝毫的痕迹。她不过是一个女子，却有一身的骨气，在鱼龙混杂的上海，只身一人流落他乡。在她的理想中，丈夫一定要有男子气概，不是小白脸，即使官派一点也无妨，最好还有点落拓不羁。往往这世间，沉迷固执的人总会忽略了于此之外的美好，这或许正是她晚年落魄的原因吧。

浮生若梦，不过几度春秋。一切等到烟消云散，才会发现这是万恶的循环，不死不休。苏青逝去以后，终于得到了认可，这不过是对一个时代记忆的追封；但对于苏青本人而言，荣辱都早已不再重要。往事随风，没有人能逃过轮回，也没有人能明白人间万事，不如做个痴绝情爱、执着文字的人，在悠闲的岁月里，从一座城市，到一个小镇，从一场姻缘，到一段情爱，从一壶春酒，到醉意阑珊——一路走来，镜花水月，茫茫烟火，愿有一个归人在路的尽头等候。但可惜，苏青并不是幸运的人。

正如张爱玲写过的《我看苏青》，"我可以想象到她的玩世的、世故的眼睛微笑望着我，一面听，一面想：'简直不知道你在说些什么！大概是艺术吧？'一看见她那样的眼色，我就说不下去，笑了"。苏青的幸运在于认识了张爱玲，这个能读懂她的内心的女子，与她一样，有着凄苦悲凉的故事，或许这就是命运的交合吧。

什么时候能心如明镜，不惹尘埃？什么时候能栖居红尘，不忘初心？

奈何时光薄情，大梦西去。半世繁华，半世苍凉。

【目录】

第一章

风花雪月

是民国

## 第一节　乱世红颜

风花雪月的民国惊扰了多少人的清梦，又有多少人沉醉其中，难忆归路，终被历史的炮火轰为尘土。这一世的传奇，全被写进了那灯红酒绿的旧上海里。多少人的陈梦残留在时代的记忆里，流年可曾偷走了谁人的孤傲冷寂？一曲终了，闲人过客全都散尽。光阴寂寂，却又恍若听闻月光碎在西山里的声响。风烟渐起，是谁唤醒了深藏高阁之上的浮世悲欢？又有多少人还能记起当年那曾震撼了上海十里洋场的贵人苏青——冯和仪先生。

1914 年，或许这注定是不太平的一年——一声炮鸣，一阵哀号，漆黑一片的神州大地，狼烟四起的旧日中国。罪恶的爪牙将这安详圣洁的土地化作一片废墟，饿殍遍野，满目疮痍。那一望无际的浓烟烈火吞噬着国人的神经，不在沉默中爆发，终在无声中毁灭。

这一年，孙中山先生为推翻袁世凯的专制独裁统治，建立真正意义上的民主共和国，7 月 8 日在日本东京成立中华革命党，讨伐袁世凯，铲除集权统治，重建民主共和制度。消息一经传来，全国上下一片欢呼，整个中国一片沸腾，仿佛已迎来了胜利的曙光。他们不知道的是，革命其实才刚刚开始。

同一年，第一次世界大战的爆发，使中国收回山东半岛的计划化作泡影，而当时美国将注意力转移至欧洲境内，并没有意愿偏向于德英中任何一国。当时，英国迫切地想找到在远东地区的盟友，于是找到了日本，8 月份，日本大肆出兵占领了德国在中国境内的势力范围，也就是中国的山东半岛。

整个中国化为一片焦土，山河悲恸，草木垂泪。全国上下一片哀号之声，百姓流离失所，政府恍若虚设，所有人都自顾不暇。这是一个时代的悲哀，是一个国家的伤疤。列强的铁骑踏破了这壮美的山河、这肥沃的土地。这样的耻辱无论过去多少年，依然流淌在历史的长河里，永不会被人遗忘，再被揭开时，依旧是鲜血淋漓，触目惊心。

"今人不见古时月，今月曾经照古人。"任这山河硝烟弥漫，今夜却依然月光如练、皎洁无瑕。

1915 年 1 月 18 日，日军又以拥护袁世凯称帝为由，威逼利诱，企图迫使袁世凯政府签订妄图灭亡中国的"二十一条"。

如此丧权辱国的条约，何人敢签？何人能签？四万万民众怎肯就此妥协！

奈何穷途末路的巨龙已失去了锋利的爪牙，待人宰割。

惧怕列强、残暴镇压百姓的袁世凯踩着烈士的鲜血、人民的脊梁，在群众的唾骂声中于 1915 年 5 月 9 日签订了修改后的"二十一条"。

签下"二十一条"这个消息传到国内，全国一片哗然，工人、青年知识分子等社会各界人士纷纷口诛笔伐，表示决不肯受此侮辱，签订如此不平等的条约。在自己国家的土地上行走，竟如寄人篱下，尚不能自由呼吸，只得苟延残喘地活着。谁人又能忍得下这口怨气、这般悲愤？奈何政府无能，只是蜷缩在侵略者暴政之下的傀儡政权，吾辈只得倚天长啸——"国破山河在，城春草木深"。

几千年的帝王霸业也许就此终了，明朝城墙上升起的红日当属谁的王朝？

这是最好的时代，亦是最坏的时代。

世事苍凉，山河不在，旧里故人安在？

农历四月十八，是泰山庙神文昌菩萨的诞辰，又叫作祈嗣日，素有"四月十八，奶奶庙上祈娃娃"的说法。

1914年5月12日，这看起来并不是平凡的一天，夕阳早早地落到了山脊背后，将一片橙黄留在宁波市区外几十里地的村落之中。夜幕一点一点吞噬了傍晚残留的余光，这宁静背后的江山乱世，似乎一切都还像平常一样有条不紊地进行着。

星光点点的夜晚，恍若此时的中国，将亡犹存。而就在这个晚上，一阵微弱的婴儿啼哭声从一个简陋的屋子里传了出来，谁也不曾想到，这婴儿二十年后竟会在十里洋场的上海掀起一阵风浪。

这个赢弱的女婴便是20世纪40年代与张爱玲齐名的海派女作家的代表人物——苏青。当年的她，红透了上海文坛的半边天。她虽明媚耀眼，却不知"人生，刚者易折，柔则长存"的道理，只顾着让那美艳怒放。奈何，最终只是昙花一现。苏青在那纸醉金迷、动荡起伏的旧上海声名显赫，一时间无人能及。却不曾料到，如此一颗灿烂的新星，在光芒殆尽之后迅速陨落，此后再不为人知，甚至不再被他人提及。谁人还能记得起她传奇的人生——如绚烂的烟花，璀璨过后空留一地的寂落，凄凄惨惨。

三十年前的月亮早已沉下去，三十年前的人也死了，然而三十年前的故事还没完——完不了。

苏青出生的鄞县（今浙江省宁波市鄞州区）是外婆的居所，之后，尚未足月的苏青和母亲鲍竹青二人便被送到了浣锦村，这是苏青的祖父祖母居住的村落。浣锦村得名于村口一座石桥——浣锦桥，中华人民共和国成立后，便被改名为"冯家村"。

浣锦村是幽静的，也是寂寞的，千百年里不声不响地瞧着一代又一代的人走过或留下；她亦是美丽的，千百年来以肥沃的土地、清澈的山水养育着村落里的人。她是年老的，她听过太多的笑语悲歌。她什么都不肯说，她什么都不能做。

苏青家从祖辈至父辈都生活在浣锦村——这个苏青文章里出现过无数次的小村落。浣锦桥下流出的小溪水依旧清甜可口，桥下曾出现过无数人的身影：苏青的文字里一一写到。

桥上时常有人坐着谈天。桥的旁边有一家剃头店，这家店面是苏青祖父的产业。剃头司务阿三见了祖父总是毕恭毕敬的，总是端了张大木椅招呼祖父在门前坐下。桥下有时会瞧见正才公公撑船而过，相互吆喝一声，算是打过招呼了。这浓浓的风土人情、古朴的民风让浣锦村倍加静谧安详。

那时的天是蔚蓝的，人是笑容满面的，水是清澈见底的，连草木都是悠闲自在的。

苏青在这浣锦村里度过了自己无忧无虑的童年。她年少时的长相大约也沾染了这乡野的气息，俊目浓眉，鼻子挺翘，有种男孩子的硬朗姿态。

胡兰成在文中描摹出的苏青恍若真人在侧："她长的模样也是同样的结实利落；顶真的鼻子，鼻子是鼻子，嘴是嘴；无可批评的鹅蛋脸，俊眼修眉，有一种男孩的俊俏。无可批评，因之面部的线条虽不硬而有一种硬的感觉。倒是在看书写字的时候，在没有罩子的台灯的生冷的光里，侧面暗着一半，她的美得到一种新的圆熟与完成，是那样的幽沉的热闹，有如守岁烛旁天竹子的红珠。"

张爱玲曾写过这样的文字来说道苏青的长相："像从前大户人家有喜事，蒸出的馒头上点了胭脂。"

美而不媚，难怪后来苏青能活跃于上海滩的风浪之中，搅弄风云。她着一身素色的呢子大衣，低眉浅笑，可目光里却尽是孤傲与冷漠。她冷眼旁观着这红尘阡陌的繁华璀璨，这乱世的风烟与她何干呢？

灰蒙蒙的天空下藏匿着这古老的村落，破旧的墙垣，一抹翠绿盛开在院落之中，爬上墙头，迎风招展，如同那襁褓之中水灵剔透的婴孩儿。

青砖石砌的冯家大院，马头墙似笑非语，立于风雨之中，千百年来不曾动摇过。这藏匿在江南烟水之地的冯家村落，房间屋后，来来往往着热闹的村邻。叽叽喳喳的孩童掬一捧清水，洒在圣洁的土地上。这江南，这村落，可曾记得谁的欢声笑语？依稀听见那朗朗的读书声，瞧见那流连堂苑的燕子。那浣锦桥桥头之上，又是谁人来来回回，彳亍独行？

浣锦村从遥远的过去一直走到了现在，她就如同一个老者，佝偻着背，从那晚阳中缓缓走出，步履蹒跚，走到了世人的面前。那些日子的拆迁风波将她推上了风口浪尖，她已经如此老了，什么都说不出口了。可是，还是有那么一群人在维护她。浣锦村要被拆迁的传闻一时间让国内外的作家纷纷发言——留住最后的村落，留住最后的记忆。

身为冯家后人的徐芳敏教授在得知此事后，提笔写下了《苏青阿姨和老家》一文，刊载于台湾某报副刊。

"浙江鄞县南门外石契镇有一小地名'后仓'，意指'后面的仓库'。石契镇旁邻栎社镇，现在建了'宁波栎社国际机场'；从前由栎社镇远远就看到后仓冯家金房大宅院的大墙门。为什么叫'金房'？原来还有'玉房'。数百年前，浙江慈溪县冯家两位兄弟迁徙至鄞县后仓：哥哥是金房的祖先，弟弟是玉房的祖先。"

"金房建筑群谚语云'大小顾墙门（大房和最小的七房在大墙门内第一进），二六后边庵（庵，居也；二、六房第二进），三五两边分（三、

五房住两边厢房），轧出四房外边庵'。好像因为一加七、二加六、三加
五都等于八，所以大与七、二与六、三与五房建筑两两成双；唯四房无
所配对，独立在金房之外、新玉房之旁。"

　　而苏青正是冯家金房的四房，她正是居住在金房之外、玉房之旁的
几间房子之内。

　　2010 年 3 月 5 日，徐芳敏教授写下了自己的心愿。《苏青阿姨和老
家·后记二则》——"本文作者撰写此文，固然为了'叙述苏青阿姨鲜
为人知的家世、生平二三事'。也希望借此文，敬谨请求浙江省宁波市政
府：基于'保存中华民族共同历史文化遗产——三十年代女作家苏青故
居宁波鄞州区石契镇冯家老宅古建筑群'……敬请停止'拆除冯家老宅
古建筑群'的计划！"

　　晚风墨韵，江南山水的寂静、粉墙青瓦的斑驳，承载了光阴数载的
侵蚀，她已然叹息。

　　坐落在浣锦村的冯家大院，沉淀了历史的风韵，她的绝代风华，全
都一点一滴地氤氲在了江南的泼墨山水里。

　　苏青就生活在这片沃土之上，她甚至不惜笔墨去写尽浣锦村所有的
回忆，题名为《浣锦集》。

　　岁月桥头浣溪沙，美人陌上缓缓归。

## 第二节　浮世悲欢

恒河流沙，碎锦韶华。那寂静在红尘阡陌的女子手握经卷，满目愁思。粉墙青瓦的江南水乡，车马喧嚣的乱世风烟。天涯咫尺间，一支素笔写不尽一个女子的妩媚，只能随她的幽香荡漾在七月半的旧年代里。

斗转星移，雁去雁归，有多少人踏入这俗世的烟火之间，安然无恙地全身而退，不被这红尘的脂粉所呛伤？四季流转，山河易主。琐事睡眼惺忪地爬上矮墙大院的梧桐，瞧着旧城起起落落。谁来继续讲那没说完的故事？

苏青起初有一个好听的名字——冯和仪，是她的祖父取的，取"鸾凤和鸣，有凤来仪"之意，或许就是希望她以后犹如鸾凤，在云端看待这人间百态。

岁月的乞儿，慌慌张张地将过往的行囊随意装满，匆忙地上了路，再不肯与他人搭话，只顾着朝那时光的尽头走去。

苏青还在襁褓之中时，并不知道命运将她安排在一个书香门第之中，更不知道未来自己的梦想是做人世间一朵自由行走的花，骑在纸背上，将冷暖朝夕、世事人生绽放在灯红酒绿的旧上海。

她的一生，贯穿了整个民国，是那些传统封建礼教及东西方文化交融影响下的中国女人的缩影，她有幸生在一个可以让万千才华得以展露的时代，却又何其不幸地生在薄凉的家庭和社会之中。

她的坎坷生涯和干净简白的文字，或许是命里该有的。

苏青的童年是幸福的。她有祖母剥开的豆酥糖、吟唱的摇篮曲，有祖父的耐心教导、精心呵护，还有外婆天井里的轻声呢喃、慈爱叮咛。

她的祖父姓冯名丙然，字止凡，清朝时曾中过举人。据《鄞县传》记载，1902 年，冯丙然担任浣锦村敦本小学校长，任职两年便升为宁波府中学校长。这所宁波府中学有着悠久的历史，百年之间曾经易名多次，在浙江省是一所重点中学，这所中学也是苏青后来读高中的学校，现为宁波中学。

冯丙然还创办了《四明日报》，并且热衷于修建铁路、开公立医院。几乎家家户户都知道冯丙然这个名字，而且提起冯丙然，无一例外地都十分敬重。

苏青回忆她的祖父时这样描述："在幼小的时候，我常常随着祖父到桥边去，桥边石栏上坐着各式各样的人，他们都在悠闲地谈天。桥旁边有一家剃头店，房子是我家产业，剃头司务叫阿三，他见了祖父可恭敬，连忙端了张大木椅来叫他在店门前坐下，于是桥边的人都站起来了，问候我祖父，把一切里巷见闻都告诉他听，征求他意见，听取他的判断。他默默地捻着须，眼望着天空，天空是蔚蓝的，薄薄铺些白云。我眼不转睛地看着我祖父，只听见祖父沉着而和蔼地在答复他们了。他的声音是这样低缓，态度安详到万分，大家都屏住气息，整个的浣锦桥上都鸦雀无声。"这样热衷于为村中的老少服务，又如此沉着和蔼的老人，得到乡间邻里的尊重，想想也是必然。

苏青的祖父冯丙然先生本就是一位德高望重的老先生，在苏青的笔下稍加刻画，一位清和的老夫子形象便跃然纸上——儒雅温和，目光深邃。

在幼时的苏青眼里，祖父就是权威的象征，其待人处世的温润、举手投足的镇定，都让苏青的眉梢染上喜色，骄傲起来。

风情万种的诗酒年华，月迷津渡的岁月长河，藏身于江山乱世之间，任这流年挥霍蹉跎。

充满野性的苏青常使父母极为头疼，纵使万般管教，却依旧劣性难改。父母恨铁不成钢，觉得她难成大器。祖父却并不忌讳这些，只说苏青并不顽劣，只是没有人循循善诱，她的成就将来或许在家族的兄弟姐妹之上。如此可以瞧见祖父目光之长远。俗话说，"三岁看小，七岁看老"，这话虽说得不全对，但也是有一定的道理的。

祖父冯丙然十分喜欢苏青，因为苏青身上有一种灵气，但凡是教过的东西，一遍就会。冯丙然时常教苏青认香烟纸壳上的人物——《西游记》《水浒传》《三国演义》《红楼梦》里的，苏青的伶俐很容易就得到客人的夸赞。

后来的苏青，驰骋于文坛。

时光的皱褶里，有许多老旧的流年，穿过缝隙，窸窸窣窣地碎了一地。总有无数后人去捡拾，拼凑出过往本来的样子。

苏青的父亲冯松雨是个不得不说的男人，他在苏青的生命里似乎扮演了一个无关紧要的角色。虽是如此说，可苏青提起他来却是一张愤恨的面孔——女儿之于父亲的恨，恨入骨髓之中。

冯松雨争取到一个出国留学的名额后便毫不犹疑地抛家弃子，奋不顾身地赶赴远在万里的美国，野心勃勃地想要闯出一番天地来。从某一角度来看，这似乎也不能全部怪罪冯松雨，毕竟对于当时的中国人来说，远在大洋彼岸的美国是一个多么遥远的不可企及的梦想之地啊！出国留学是何等的殊荣，何等的让人妒羡。

假使说，作为一个中国人，他的做法尚可理解，那么，作为一个丈夫、一个父亲，他留给妻子、留给女儿的又是什么呢？

苏青是不会理解冯松雨的，也一点儿都不想理解。苏青长大之后对其一直愤恨不已，这样的父亲或许是不应该得到宽恕的。她在自己的散文《说话》中这样写："当我呱呱坠地的时候，我父亲就横渡太平洋，到哥伦比亚大学去'研究'他的银行学去了。"那咬牙切齿般的憎恨现在读来依旧清晰可见。

没有父亲在旁的苏青，日子也并没有笼罩上愁云惨雾，她那独属于顽儿的小野蛮，在乡村田野之间被包裹得极好，丝毫不曾被旁人的流言蜚语所暗伤。

苏青大约五岁的时候，冯松雨获得了哥伦比亚大学经济学硕士学位，学成之后的冯松雨并未在国外停留，而是即刻回国，毕竟家中还有一个女儿在等候着自己，何况回国之后，凭借学历和一身的才华必定能在中国的土地上绽放光彩。

冯松雨也算是料事如神，回国之后不久，汉口中国银行就对他抛出了橄榄枝，后来几经辗转，他又坐到了上海银行经理的职位。一时之间，风光无限。

这短短的几年里，冯松雨将经理这一职位坐得稳稳当当，这才开始打算好好培养自己快八岁的女儿。他当时的想法或许是为了光耀自己的门楣，又或者突然之间良心发现，当然，没有人去妄自猜测他的内心，所以也就无从得知。

他在国外生活的这些年，虽然学到了一身的本事，却也将国外的不良习气沾染到自己的身上。他短暂的生命里或许有一个长远的育女计划，但是时间却不允许他亲自实现这个目标。这可能是上天的安排——让他亲尝抛家弃子的恶果。

当苏青临近小学毕业的时候，上海银行财力亏空，永远关上了大门，这对于正值事业巅峰的冯松雨来说是一次沉重的且不可挽回的打击。

命运总是喜欢将所有的好事放在一起，也同样会将所有的苦难捆到一处。苏青刚刚十一岁时，冯松雨便一病不起，永远地离开了这个世界。

繁华就此落幕，父亲的离世，让这个家庭蒙上了悲剧的色彩。唱不尽的浮世悲欢，道不完的风尘悲凉。这彻骨的寒，这绝望的悲，若不是亲身经历之人，怎能体味到这入髓的痛。

　　父亲的离世对冯家的打击无疑是沉重的。然而对于年幼的苏青来说，反而少了一种心理负担，她本身就对这个所谓的父亲有着不加原谅的恨。冯松雨死后二十多年，苏青写起他的时候，依旧恨得咬牙切齿，"为儿童的幸福着想，有一个好父亲是重要的，否则还是希望索性不要父亲"。

　　苏青恨父亲之所以恨得如此长久，是因为她很小就已经知道，父母的言行举止对孩子的影响不容小觑。所以苏青对于男人是不信任和不理解的，她后来与丈夫离了婚，离开了那冷冰冰的家，重新过上了自由的生活。

　　生而为人，我们不过是这尘世的匆匆过客。雾雨青山之间，过往的"执子之手，与子偕老""同修同住，同缘同相，同见同知"不过是一场梦话，全被扔进了发了黄的书页中，覆上了厚厚的灰尘，直等着那晚风吹散，烟雾化开，露出那可憎的被谎言烫伤的躯骸旧体。

　　苏青的母亲是个活在封建礼数中的女人，她的一生充满了浓重的悲剧色彩。她继承了苏青外祖父好学的品格，爱好读书写字，思想上也受到了一些新思潮的影响，坚持丈夫四十无子嗣不许纳妾的原则。然而冯松雨并不是一个忠诚于家庭的人，他从国外回来担任上海银行经理以后，便在肮脏的无度的生活中渐渐迷失了自己。

　　这个女人的不幸或许就是嫁给这样一个宁可浪迹天涯，也不要本分厮守的人，冯松雨的眼中没有家，没有亲人，有的只是利益和喜新厌旧。可惜的是，命运让她陷入悲剧之中，她却不甘就此逃离，反而紧紧地抓牢那早已气若游丝的家。

上天是不会同情如此懦弱的女人的，冯松雨终于还是去了，撒手人寰。英年早逝的他，留下苏青姐弟三人和一位心寒至极的母亲。可怜的孩子，可怜的母亲，可悲的人生。一个妻子的委曲求全，最终却只换来镜花水月。俗语说，"可怜之人必有可恨之处"，历史和生活会给出最后的答案，局中之人会演一场自己的剧幕，旁人又能指点些什么呢？

如果说祖父的道德和智慧教会了苏青在茫茫学海中一路远航，那么父母这样无趣而吵闹的婚姻便是苏青对还未展望的一生的最初印象。

苏青在后来的日子里夜夜提笔，写下这酸涩的故事，故事中有悲愤，有无奈，有心酸，有残留了丁点儿的甜。

青梅煮酒，红豆熬伤。把命运的凄苦和着旧日的美酒一并吞入肚中，让眼泪与笑容宽恕过往的深重罪孽。

## 第三节　岁月静好

　　20 世纪 40 年代的上海，女子之间是没有友谊可言的，但是苏青和张爱玲是个例外。

　　她们惺惺相惜，又以对方为荣。她们同样出身显赫，同样为情所困，甚至同样以悲剧结束了自己的一生。时间的洪流中，所有的故事都会曲终人散。曾经相似的姐妹花，后来走上了不同的路。讲了一半的老故事被写在信笺上，锁进了生满铁锈的老抽屉里，只等着有缘人拿着心门之锁将它打开。那锁怕也是早就变了形，覆满了灰，再不肯听说书人讲完那一半的故事。

　　张爱玲是生在高阁之中的大家闺秀，而苏青却是长在乡村田园之间的野囡，一个温婉安静，一个爽快热辣。张爱玲那般内向的人，用苏青的话来形容，"是一句爽气话也没有的"；而苏青本人心直口快，甚至口若悬河。两人的性格天差地别，或许正是因为童年经历了不同的酸甜苦辣。

　　苏青是幸运的，她的童年锦衣玉食，受尽了宠溺，张爱玲曾经这样评论苏青的童年，说是"有着简单健康的底子"，这话说得极为贴切。

她们终究不过是人间的浮萍，流连尘世的荒野无涯，尝尽天地的辛酸苦涩，然后拂一拂衣袖，掸一掸尘埃，摇了迷津的渡船，风轻云淡地去往那灵魂的圣殿。河岸上谁人的马蹄声，"嗒嗒"地追赶渡船？

苏青出生以后，一直被寄养在宁波市外的一个偏远山村里，这个小小的村庄可谓是民风淳朴的圣地，小苏青的身边时不时地围着一群孩子，他们自由地玩耍嬉闹。倘若说这一切都无足轻重的话，那顶重要的是苏青的身边还有一个疼爱她的外婆。外婆的爱似乎要比母爱更加细腻，像是装满了蜂蜜的罐子，任由苏青汲取这其中的甜蜜。

苏青与外婆之情深，怎是一言两语能道得尽的？苏青在《外婆的旱烟管》里写到她的外婆时，一言一语满是思念。在外婆旱烟管里升起的烟雾间，仿佛瞧见了蹦蹦跳跳的一刻也不得闲的小苏青，还有那些陈年的旧事。

"外婆有一根旱烟管，细细的，长长的，满身生花斑，但看起来却又润滑得很。"

"外婆用不着拐杖，她常把旱烟管当作拐杖用哩。每天晚上，郑妈收拾好了，外婆便叫她掌着烛台，在前面照路，自己一手牵着我，一手扶住旱烟管，一步一拐地在全进屋子里视察着。"

"但是，我是个贪玩的孩子，有时候郑妈掌烛进了正房，我却拖住外婆在天井里尽瞧星星，问她织女星到底在什么地方。暗绿色的星星，稀疏地散在黑层层的天空，愈显得大地冷清清的。外婆打个寒噤，拿起旱烟管指着前进过继舅舅的楼上一间房间说着：'瞧，外公在书房里读书作诗呢，阿青不去睡，当心他来拧你。'"

外婆的一笑一颦、一言一语，她都记得清清楚楚，并娓娓道来。这其间所有的枝节、所有的言语，竟然都跟发生在昨天一般，刻骨铭心，不敢稍稍忘却。

或许苏青的内心也有缺乏父爱和母爱的挣扎和苦恼，而外婆给予她的爱弥补了她缺失的这部分爱，让她感到更加温暖和感动。她本该拥有一个金色的童年，但父亲归来后，将这一切全都破坏殆尽，只残留了不安与苦痛。

年少时的经历会影响一个人后来的性格。苏青倔强、洒脱、坚韧、刚烈的性子，在繁华的城市之中是培养不出来的。她是一个为自己而活的女子，活得洒脱，活得自然，不虚伪，不做作，几乎没有封建的旧社会的影子。这很大程度上源于乡野的自在生活，再加上外婆的慈爱，让她得以自由地绽放，终长成一株开在天地间为世人所惊叹的蔷薇。她固然美丽，却又紧紧地包裹自己，倘若有人硬要剥开她的心瞧瞧，只会被利刺扎得鲜血横流。

过往早已千疮百孔，没人能去替代，只好一个人背负着无处安放的情感，去往那未来。单凭着那一丝丝一直指引着你的光亮，径直前行。

三月的杨絮漫天飞舞，给这暖阳下的春光下了一场盛世飞雪，犹如外婆给予苏青的爱，又软又绵，在心脾中荡漾。

苏青自小到大就不是一个安安静静的孩子，还在襁褓的时候就已经表现出顽劣的秉性，受一点委屈便大哭不止，得到一点好处便眉开眼笑。古话说的"一方水土养一方人"，恰如其分地体现在了这个流着鼻涕唱童谣的小小的弱弱的女孩儿身上。

外公去世早，苏青对其印象不是很深刻。在这个小小的村落之中，苏青除了外婆这个亲人，还有一个姨婆。俗话说"三个女人一台戏"，更何况在三亩地的小村庄里，走家串门是家常便饭，在夏天繁茂的梧桐树下，搭一把摇椅，就能聊上一整天；在冬日刺眼又刺骨的阳光下，坐在炕头上闲话几句家长里短，大人们毫无顾忌的笑声就能传遍这个又小又挤的村子。

在这样的环境下，苏青所沾染的尽是些乡村粗俗的习性，却也恰恰为她的成长铺下一层厚厚的养分。苏青稚嫩的心灵几乎没有受到任何伤害，反而肆意骄纵，在这片清澈的蓝天碧水下自由地生长。

牙牙学语的苏青经常在外婆面前耍赖皮，缠着外婆教她唱一首宁波歌谣：

> 阿囡宝，侬要啥人抱？我要阿爷抱！阿爷腰骨弯勿倒。
>
> 阿囡宝，侬要啥人抱？我要阿娘抱！阿娘脚小立勿牢。
>
> 阿囡宝，侬要啥人抱？我要外公抱！外公田里割夜稻。
>
> 阿囡宝，侬要啥人抱？我要外婆抱！外婆埠头洗袄袄。

听着听着，小苏青就趴在外婆的腿上睡着了，醒来之后又继续缠着外婆唱童谣，甚是可爱。

不仅如此，苏青的童年还有一群"志同道合"的朋友。她可不是唱个歌谣就可以打发了的孩子，她和男孩子一样，还玩一些"胆大妄为"的游戏，什么上树掏鸟窝、下水摸鱼，样样都不落下。

浣锦村村头有一条小河，河上便是村子的母亲桥，也叫作浣锦桥，他们几个孩子经常偷偷地坐上小船，解开缆绳，任凭小船在河中心打转，虽然苏青不会游泳，但她丝毫不害怕，似乎比男孩子胆子还要大一些。

苏青幼时还时常学着小说里的人物有模有样地射箭，弓箭是她自己亲手制作的"月儿弩"——用竹条做成弓，用竹枝削成箭头。一群年纪相仿的孩童在老屋的后花园相互追逐，大人们常常大声呵斥："当心小人眼乌珠射进。"但是孩子们怎么肯去理会呢？

这般自在的玩闹不曾被过分苛责过，童年的苏青犹如一匹脱了缰的小马驹，欢快地奔腾在草原上。

苏青的童年并不似张爱玲一样生活在文墨丹青的书香环境中，甚至连书本都不曾看过，更别提什么三岁背唐诗、五岁学写作这样的文人行径了，陪伴她的只有玩乐。

童年睡眼惺忪，夕阳酒醉微醺，过往缠绕回忆，在大院里的那棵高耸的梧桐树上缠绵。

对于封建礼教、西方文化，苏青未曾耳濡目染，也无心感受文字带给她的激情。但是小苏青也有了不得的本领，她生活在农村环境下，对任何事物都不畏惧、不认生，她有高于常人的口才，被小伙伴们戏称为

"小鹦哥"。

那些玩过的游戏、听过的趣闻经小苏青一说，似乎格外有趣，常常把邻居家的阿婆阿哥逗得前仰后合。她还是个孩子，什么都无畏，更不知道什么该说、什么不该说，所以这一张灵巧的嘴同样也惹下了不少祸端。

最为严重的一次是在苏青六岁那年。外婆有一个过继而来的儿子，也就是苏青的舅舅。舅舅有一个喜欢搬弄是非的媳妇，或许是愤恨苏青和母亲长时间住在外婆家中，所以常在苏青跟前嚼些舌头，说些难听的话。小孩子自然不懂什么，被几块饼干、几颗糖果哄得团团转，于是就把舅母说的恶毒的话学了去，得了空就在外婆、姨婆的跟前说将起来。那是些专打人痛处的、让人难堪的话头儿。

"姨婆是小老妈！姨婆是戏婊子！"这样的话从一个六岁的孩子嘴里说出来，让姨婆勃然大怒，变了脸色，她气愤地向外婆告了状，本想着能得个公正，却不想被外婆呵斥一通，委屈地痛哭了一场。这以后，姨婆见了苏青便就爱理不理了。

但是舅母并没有停止她的所作所为，她继续嚼着舌头，教着小苏青在外婆跟前说些难听的话。

那时候苏青的外婆已在隐忍，不愿搅得家里不安宁。可是一忍再忍也没能换来这位舅母的宁息，终于有一日，外婆爆发了，就如一座喷薄的火山，怒火中烧。

"外婆是孤老太婆，断子绝孙。"苏青的外婆听着这番话从一个尚不明事理的孩子嘴里说出来，心中气愤不已。责问后得知这番打人痛处的话头均乃舅母所教，气得瑟瑟发抖，即刻叫了家族舅公，要除了这个搅家精。

苏青的外婆一直以来对这位儿媳睁一只眼闭一只眼，对其持包容的态度，想不到她竟在一个孩子面前说出如此的言语来，怎能轻饶？

村里的女人是不懂得什么礼数的，她们是粗野的。舅母见外婆寻着苏青的话骂上来了，也毫不客气地同外婆对骂起来。这一骂，可把外婆气坏了，直呼"家门不幸"。

外婆一气之下将舅公们请了过来，这些老前辈在鲍家说话都是有分量的。商议的结果是逼着舅舅休掉这个不通事理的舅妈。苏青毕竟还是个孩子，哪里见过这么大的阵仗，她看见舅公们坐着在书本里才能看到的官轿子姗姗而来，心里虽然知道把事情给闹大了，但是却依然开心得不得了。她看见客厅里坐满了人，瞬间，一个小火星迅速点燃了苏青内心世界里那些好奇的焰火。不一会儿，苏青便忘记了自己犯下的错，一门心思地投入热闹的人群里。苏青虽是顽童，却有一双明亮的眼，只一瞥，就能窥见这丑恶的人性；有一张滑舌的嘴，只一张，就能道出这奸诈的阴谋。

众长辈的商议结果是休了苏青的舅母，但在舅母娘家人的苦苦哀求下，此事作罢。但是由于事情闹得太大，苏青的母亲不得已被赶回了家，将苏青接到祖父母家。那时苏青只有六岁，她尚不能懂得这一张巧嘴给她带来的祸福，更不明其中利害。

　　成年之后的苏青才真正将嘴上的功夫发挥到极致，她经常会被邀请参加各种座谈会，毕竟身在喧嚣复杂的上海，交际是一门很大的学问，但是苏青却一点也不需要学习这些，她一出口便能侃侃而谈，谈起来更是滔滔不绝，这样的苏青似乎应该去做一个律师，管他什么案子，终有一嘴铁齿铜牙来辩解是非黑白。

　　外婆家的大院经历了几次季节交替后，门外那棵老槐树又多了几圈年轮，时光像是上了弦，只一个打盹儿后的工夫便已过了数年。

　　苏青童年里的快乐让她的人生有了一个美好的开始，六岁那一年，她小小的脑袋里装满了好奇，想的都是如何讨要外婆的糖果，如何去村外的木屋探险，如何上山去摘竹笋、偷玉米。

　　她定是不知，数十年后的自己要独自面对文字和寂寞，写两三点往事来怀念这些美好的岁月，然后在这时光淌过而留下来的干枯河床之上，忘掉一切繁华的过往。

　　她的一生历尽了人间的酸甜苦辣，也有过良辰美景，曾红极一时，却一直没能和爱的人厮守一生，她把最珍贵的光阴写成一本书——《结婚十年》——被无数人翻阅，然后在风尘的渡口，被无数人遗忘，又记起。

## 第四节　慈爱叮咛

生命中那一段段温情的岁月，即使过去了多少年，回头望，那些流年的脚印依然清晰无比。亲情永远是值得被终身守护的，它是温和的，不被瞧见的，可是它又是真实的，仿佛在昨天一样，就像记忆里祖母的手抚过你的面庞，你到现在都能记起那种温暖的感觉，不敢忘记丁点。

幼时在祖母家挨过的几载春秋，许多年后回想起来，依然无比清晰。屋檐下的风声雨声，星空上的一弯冷月，廊堂里的一剪凉风，即使是在灯红酒绿的名利场上，依然半点不曾遗忘过。

往事下酒，韶华阑珊，隔夜的灯火带不走离人的思念。

苏青在《豆酥糖》中如是写道：

"这豆酥糖因为日子多了，藏的地方又不好，已经潮湿起来，连包纸都给糖水渗透了。我想，这是祖母千里迢迢托人带来，应该好好把它吃掉，但又想，潮湿的东西吃下去不好，还是让它搁着做纪念吧。

"于是，这四包豆酥糖便放在桌上，一直到现在。

"俗语说得好：'睹物思人。'见了豆酥糖，我便容易想起祖母来了。"

年少时豆酥糖的香味儿，那会儿的甜蜜，怕是都随着祖母托和官哥送来的豆酥糖一块儿想了起来。甜腻腻的豆酥糖，在深夜中愈嚼愈响，伴随着祖母的鼾声，和着床铺里沙沙响的豆酥糖屑……记忆中跳动的音符都饱含着童年时亲情的温暖。

苏青的祖母高挑身材，白净面庞，眉目清秀得很，是一个大美人。她唯一的缺点，大约就是牙齿太坏，这完全是因为她太爱吃甜食的原因。苏青六岁那年因为"鹦哥儿"般的小嘴闯了口舌之祸后，被母亲送往祖父母家中。那会儿的祖母门前的牙齿便只剩下三颗，但是她却依然管不住嘴，爱吃甜的食物，尤其是在半夜的时候。温和慈爱的老人，甜甜腻腻的吃食，把苏青一整个童年都填满了。

苏青的童年太甜，以至于她日后回想起来都满心欢喜，恨不能将这甜蜜吃干抹净。

年岁走得太久了，连韶华都老去了，灯烛也燃尽了，只残存了整晚流过的泪，每一滴都蚀心般疼。

那会儿苏青从外婆家归来时，便同祖母睡在同一张床上，她们睡的是一张又大又宽的宁波大凉床。就在这张大凉床上，祖孙俩常在夜半醒来时偷嘴吃些甜食。每每这时，豆沫碎屑就落在那床上，两人谁也不肯去掸开，就和着那被子里的碎屑儿的窸窣声睡过一晚又一晚。

苏青的祖母实在不是个勤于持家的人，她们睡觉的大凉床上挂着的帐子早已瞧不出本来面貌了，蒙着一层灰扑扑的灰。祖孙俩是如何在这灰扑扑的帐子底下和满是碎屑儿的被子里度过那样长的日子的，可想而知。这样的童年里放养出来的孩子，难怪会在日后为人妻为人母时常常感叹持家的艰难。

那是最纯美的年华，摇曳着童年的星光。慈爱的祖母即是那窗棂之上的花，纵然被岁月雕刻，被时光打磨，却依然美艳动人。

窄窄的小房间，孤零零的大凉床，凌乱的被褥。在床的最里边，架着一块木板，不偏不倚地横在床的正上方。那板子上就放些吃食，如此近的距离，就是为了方便这祖孙俩随时随地够得到。这一老一少，时常围坐在床上，撮些板子上的食物来吃。这幅趣景，即使是后来为人母的苏青回想起来，也不曾稍稍忘却，内心徜徉，潸然泪下，以至写下《豆酥糖》这样的童年时光，和祖母的相处岁月。

灰暗的屋子里，窗外的阳光透进来丝丝缕缕的亮光。灰扑扑的帐子底下，团坐着小苏青与祖母，两人斗着嘴、争抢着豆酥糖的情景仿佛历历在目。多么有趣的老人，多么顽皮的幼童，因为一包豆酥糖，让阴冷的日子温润起来。

那会儿的小苏青睡在床的里边，刚好整个人都蜷在了那块放着吃食的木板下面。有时候起床起急了，头顶便会与那板子发生剧烈的撞击。头痛自然难免，只是那板子上的食物就难以幸免了，窸窸窣窣地尽数落在了床上。

就着清晨昏暗的光亮，祖孙俩犹如两只鼠儿一般，坐在床上，头对头地捡拾撒在床上的食物塞入嘴巴。两人争先恐后，唯恐遗落了一点儿。这情景，怕是终生难忘吧。

　　童年的时光，苏青一直记忆犹新，因为那大约是她生命中最快活的日子了，也大约是唯一快乐的日子了——犹如掉进了装满蜂蜜的罐子。艰难之日拿出罐子，揭开记忆的封条，将那份保留在心底的美好嗅了又嗅，以此取悦泥泞的前路。

　　远山含黛，吐露芳华；廊桥遗梦，深月冷风。一颗赤子之心如此纯净无瑕，翻滚于泥沙浪河之中，不复相见。

　　在苏青的记忆里，祖母天生好动，尤其是嘴巴，一刻也不得闲，从清晨起了床便开始动起来，一直到那夜半时分，家里的人都熄了灯睡觉，她才作罢。夜深了，祖母这才沉沉地睡去。即使是睡熟的祖母也不曾安静下来——祖母不吃东西的时候，鼾声又是震天地响，常把苏青吵得睡不着。借着朦胧的月光，苏青半夜用手在板子上胡乱摸索着找东西吃。大多时候板子上边放着的都是豆酥糖，在黑夜中拆开一包，胡乱塞进嘴巴里，那豆酥糖屑便撒得满床都是，落在枕头上、被窝里，有时还飞进眼睛里。苏青可是毫不在意，只管吃足了才慢慢睡去。

　　能拥抱的时候，就拥抱得久一点；能相爱的时候，就多爱一点；能亲吻的时候，就亲吻得久一点。别等到飞沙走石的岁月击穿了童年的明眸，才喟叹现实是如此不留余地。

　　这些过往的时光犹如水墨青花般，深深地染进苏青的幼年，一笔一画，皆为情思。日后再回想起来，虽不再如童年时那般欢喜，纵然蒙了岁月的尘埃，却依然不会因了流光飞逝而隐没。

　　和着星光的旧夜，暗沉沉的屋子里一老一少紧紧地依偎着。夜深时，祖母常醒过来，她什么都不问，只把手往那板子上一伸，想要什么便能抓住什么。有时她摸索着板子，发觉豆酥糖少了一包，便摇醒了苏青，询问一番。苏青定是不肯承认的，直说是被小老鼠偷着吃去了。祖母定然是不信的，但也由着苏青乱说一气，然后祖孙俩就"咯咯"地笑作一团。祖母在夜里摸黑拆开一包豆酥糖，撮一撮吃了便要苏青快些睡去。往往是吃完了一包，苏青嘴馋嚷着还要，祖母是绝不肯答应的，只是轻轻地拍着她的背，让她慢慢地酝酿睡意，继而沉沉地睡去。

慈爱的老人怀中睡着年幼的童子，只管唱一支歌，撮一些豆酥糖吃。童子渐渐地入了梦，老人的鼾声也重新缓缓地响起。犹如那没了电的风扇重新转动起来，驱逐了黑夜的迷惘。

斗转星移，风起云涌。江山早已无数次更迭，历史也被改写得面目全非，再瞧不出当年的倾城容颜了。当时的那群人也早都不在了，只有这山河能将旧事铭记。这乱世红尘中，幼童已成佳人，父母早都驾鹤西去，唯有祖母尚在人间，却足有六年的光景不曾相见，如何不怀念？如何不去怀念？

夜那么黑，谁的影子挂在了墙上，没有脸也没有心脏。倘若时光能够倒流，有多少人会决然地回望来时的路，一路狂奔，将当年的你我看得通透、说得明了。

苏青笔下的祖母是慈爱温和的，是她写得最多、记得最清楚的人。记得那时候，祖母半夜从不点油灯，一是为了省钱，二是怕那烛火燃了帐子。所以夜半起床时，祖母从不肯点灯，只是摸黑去找些什么。

　　有时候，豆酥糖屑末贴在苏青的耳朵或面孔上，祖母便在第二天小心地把它们取下来，放到自己嘴里，说是不吃掉罪过。苏青瞧见了便同祖母闹，问她那是贴在自己脸上的东西，为什么祖母要吃掉？祖母被她缠得无奈，便只好进去再拆开一包，撮一些给这个淘气包吃了，然后自己又小心地把剩下的包好，预备等到半夜里再吃。

　　这样快乐闲散的日子并没有多长时日，苏青的父亲冯松雨就从上海回来了。苏青怕父亲，因为陌生。如今从海外归来的父亲，神情严肃，不见半点慈善，这让这么大点儿的孩童如何能不怕。幼时尚是恐惧，大了以后就成了憎恶，咬牙切齿的恨。这样的父亲，实在是让人可怜又可叹。

　　祖母给了苏青美好的、无拘无束的童年。但也正是由于童年时无拘无束的教养方式，才让苏青长大后肆无忌惮地把自己的天性释放出来。她的率真、真诚、直爽，无一不体现在那被描摹的字里行间。祖母的教养方式赋予了苏青一股野性，她在后来的生活中将这份野性、这份倔强无所顾忌地释放出来。她一直用一种充满恶意的方式去抵抗生活、掌掴命运。

　　倘若说父亲也是一个角色的话，那么冯松雨只能算是个迟到的演员，连彩排都不曾有过，就一脚踏入了苏青的童年。这样的父亲，连角色扮演都显得有些多余、无关紧要。

　　那一日，父亲冯松雨从上海归来，在祖母家瞧见了苏青被窝里的豆酥糖屑末，凌乱不堪的床铺，心里一恼，当下不许她再与祖母同住。第二日，冯松雨便做了一张小床，让苏青睡在这床上。祖母为这事气恼了十八日，甚至不曾理过自己的儿子。

也许那时候的小苏青也在心里苛责父亲，可是她不敢讲，因为她是那样害怕自己的父亲。这个父亲该是何等的威严，竟然让自己尚在幼年的女儿恐惧到如此地步。

　　明月几时有，把酒问青天。不知天上宫阙，今夕是何年。
我欲乘风归去，又恐琼楼玉宇，高处不胜寒。起舞弄清影，何
似在人间。

　　转朱阁，低绮户，照无眠。不应有恨，何事长向别时圆？
人有悲欢离合，月有阴晴圆缺，此事古难全。但愿人长久，千
里共婵娟。

　　　　　　　　　　——苏轼《水调歌头·明月几时有》

苏青在很多年后忆起祖母的时候，还是满心甜蜜。那个时候，她的父母都已过世了，祖母虽然尚在人间，却已有六七年不曾见过面了。但是如今，祖母却托和官哥千里迢迢地将四包豆酥糖送予苏青。这样的惦念，怎能不让苏青内心为之感动。所以她说，她不忍心吃，亦是没有勇气去吃。

“犹豫着，犹豫着不到十来天工夫，终于把这些豆酥糖统统吃掉了。它们虽然已经潮湿，却是道地的山北货，吃起来滋味很甜——甜到我的

嘴里，甜进我的心里，祝你健康，我的好祖母呀！"

人生如戏，戏如人生。多少人在戏中死去，忘了自己的本来面貌；又有多少人饱受孤独，直把春光唱老、流年唱断，还得感叹一声世事无常。

年老的祖母现在可安好？还如过去那般喜食豆酥糖么？

父母西去，唯独留我在这世上，寂寂一人。"孤独这两个字拆开来看，有孩童，有瓜果，有小犬，有蚊蝇，足以撑起一个盛夏傍晚间的巷子口，人情味十足。稚儿擎瓜柳棚下，细犬逐蝶窄巷中。人间繁华多笑语，惟我空余两鬓风——孩童水果猫狗。飞蝇当然热闹，可都和你无关，这就叫孤独。"

第二章

陌上花开
美人归

# 第一节　情深清浅

策马扬鞭，将前尘旧事抛在身后。在这片硝烟滚滚的焦土之上，一只孤雁划破苍穹，飞越天际，想要寻觅一处栖身之地。奈何命运这道闪电击中了她，将她抛下深渊，可她依然无所畏惧，目光如炬。

苏青之于父亲，是充满恐惧与仇恨的，比陌生人亲近些，却又全无父亲对子女的慈爱。这般尴尬、这般陌生时常会让苏青想起，她甚至还咬牙切齿地写文章，说有一个好父亲对子女是一件多重要的事情。

1900 年的夏天，慈禧太后被八国联军的侵略吓得仓皇出逃，逃跑途中命人喊话接受无条件的赔款。这群恶畜在北京城内烧杀掠夺，无恶不作。清政府次年 9 月派人与侵略者签订了丧权辱国的《辛丑条约》，赔款白银 4.5 亿两，分 39 年还清，连及利息总计 9.82 亿两白银。

这笔赃款，美国分得了 7%，但是他们并没有急于花销。一位名为史密斯的商人给美国总统提了个建议，意欲将此笔巨款作为中国前往美国留学的学生的派遣基金，美国总统欣然应允。史密斯此举目的十分明确，意在侵略中国人的精神文化。数年后，这批由美国培养的中国人才便会成为具有了西式思想的中国人，他们将成为为美国服务的工具。

意欲毁灭一个国家，先毁灭它的文化。这一招不可谓不高明。

旧时代的烟雨还在飘落，踌躇满志的青年已然踏上了怀梦的归途，纵然这狼狈的土地已将人民的心伤透。

1914 年 8 月 15 日，冯松雨作为被选送的青年才俊，同一大批有志青年踏上了前往大洋彼岸的美国进修的游轮。一同前行的还有后来成为大教育家的陶行知、陈鹤琴等人。他们怀揣着自己的梦想，前往哥伦比亚大学进修，壮志待酬。另一边，当时的小苏青才出生三个月。天然顽劣的性情，缺失父爱的童年，以及父亲归来后对其所作所为的憎恶，致使她与父亲彻底决裂，他们之间犹如隔了一道鸿沟，无法逾越。

冯松雨的所作所为让苏青日后回忆起来，依然痛恨得咬牙切齿、难以释怀。除了咬牙切齿般的冷眼旁观，实在是没有更好的词语来形容这种情感了。

苏青五岁的时候，其父冯松雨带着满身的荣耀归国了。此时他已取得哥伦比亚大学的硕士学位。刚回国的冯松雨就被汉口的中国银行看中，得了职位。后来，冯松雨再次辗转跳槽到上海银行的麾下，被任命为经理。

若问冯松雨在苏青的生命里有何意义，大概除了与苏青有血缘关系外，就是为苏青的幼年提供了不愁吃穿的生活条件。仅此而已，再没其他感人的父亲和女儿的故事了。

随着冯松雨的升迁，苏青一家人的经济状况大有提升，吃穿是不大愁了，每日也不必为了柴米油盐斤斤计较了。稳定的职业和不菲的收入似乎重新团结起一家人。冯松雨对女儿这么多年缺失父爱陪伴这件事，心中或许有几分愧疚。无论是出于私心还是为了补偿，他都决定重新塑造这个顽劣的孩子。冯松雨升迁后，便将家搬到上海去了。继而冯松雨将女儿从浣锦村——冯家祖辈居住的地方接回上海的家中，并且一心想要将其培养成一位公使夫人。

　　姑且不论结果如何，想法总是好的，虽然过程不尽如人意。于是，苏青离开了那满是豆酥糖屑末的大凉床，去了上海。这一去不打紧，把苏青对那陌生的父亲仅存的最后一点好感全都消磨干净了。

　　想把自己的女儿打造成上流名媛的想法固然是好的，但苏青一向自由散漫惯了，培养起来势必是困难的。常年居住在外婆家中的她，骂人的粗话随口就来，丝毫不顾及自己作为一个女孩子的形象，这让冯松雨极为头疼。尽管后来因为舅母事件搬去了祖父家，并且在浣锦村读了两年小学，但这并没起到什么作用，苏青身上的野性依然很浓。

　　冯松雨为了女儿日后的教育，只好将她从浣锦村接到城里同住，好让她多长些见识，见点世面，不再顽劣不堪、难以调教。搬到上海的家中之后，苏青在母亲的教育下，是要开始端正自己的言行的，不可再像往日那般口无遮拦、肆无忌惮地讲话。

　　桀骜不驯的苏青刚到上海同父母一起生活，怎么能适应得了？她就像一匹小野马，早已习惯了草原的生活，不可能安静得如同真正的大家闺秀一般，温婉可人。所以，冯松雨将女儿接到上海就是想要尽快改掉她身上那些粗野的习性，使她成为名副其实的大家闺秀，举止得体。

这匹小野马到了上海之后，虽没有草原可自在奔腾，却发现了"新大陆"——城里的每一个事物对她来说都是新奇的，不同的人、不同的事，还有与乡村田野全然不同的城市的气息——对她来说，那都是快乐的源泉。

到了上海之后，苏青面对的是与之前的大院生活完全不同的城里生活。她开始在一个弄堂小学读书，每日学习归来，除了要面对父母亲的提问检测，还要去参加各种应酬饭局。小小年纪的苏青每日放学归来都会被母亲打扮得花枝招展，跟个花蝴蝶似的，然后陪着父亲去应酬各种饭局，顺便开阔眼界。这对于活泼好动、对任何事情都好奇的苏青来说，实属乐事。

饭局上，小小年纪、伶牙俐齿的苏青，往往凭着一张巧舌，把客人逗得开怀大笑、捧腹不已。

"到了八岁那年的秋天，父亲做了上海公司的经理，交易所里又赚了些钱，于是把家眷接出来，我就转入一个弄堂小学里念书。父亲的朋友很多，差不多每晚都有应酬，母亲把我打扮得花蝴蝶似的，每晚跟着他们去吃大菜，兜风。父亲常叫我喊黄伯伯张伯伯，在客人前讲故事唱歌，'这是我家的小鹦哥呢！'父亲指着我告诉客人，客人当然随着赞美几声，母亲温和地笑了。"

鹦哥一般巧嘴的苏青，把大人们逗乐不是件难事，可是让父母下不来台的话也说得不少。毕竟是在乡野长大的孩子，性子顽劣，懒受束缚，什么事儿都不加思考，张嘴就来，所以这巧嘴便也是多舌的另一种说法。

当然，没过几日，苏青的劣性子就完全显露出来了。在饭桌上，她不再是一副伶牙俐齿的活泼模样，而是个话痨，一刻都闲不住。不是在爬半淞园假山时喋喋不休地问："这里怎么没有野笋？"就是在吃血淋淋的牛排时问："这个是不是盐菜汁烤的？"当着许多客人的面，父母亲的窘态可想而知，只得慌忙支吾过去，怕给别人落了笑柄。

四五次之后，饭局上的苏青依然如此作态，父亲深以为耻，觉得很丢脸。在这以后的日子里，父亲就不再带她去参加各种应酬饭局了，并且叮嘱她的母亲说："以后话也不准她多讲，女子以贞静为主。"

苏青这张巧嘴可真是惹出了不少祸端。除却那一次舅母搬弄是非让她这鹦哥嘴惹出骂外婆、骂姨婆的祸端外，还有不少平日里让人啼笑皆非的小事，数不胜数。为此，苏青的父母时常感到头疼，并深以为耻。

甚至连苏青自己都十分清楚地记得当时尚在祖父母家中之时，大家坐在大院里乘凉，自己围坐其中兴致勃勃地讲那些在外婆家中居住时发生在山野乡村里好玩的事，并且引以为傲。

跟冯家孩子们吹嘘起山乡的好玩之处时，苏青常专挑些他们没听过的故事来说，看他们听得津津有味，自己便得意起来，于是更口无遮拦，想什么说什么。

在冯家这样的大家族之中，各个儿子、各房太太都是彬彬有礼的，说话声音极轻且缓慢，若不是什么要紧事，轻易不出房门；每天早晚都要到祖父母处去请安，黑压压地坐满了一厅人，却是鸦雀无声，就连孩子们也都斯文得很，轻易不肯乱说话。但是，自从苏青这个野孩子加入其中后，一切都变了，就连弟弟妹妹们都学会了"娘的"。

苏青洋洋得意，常常以为自己见多识广。她整天大着喉咙讲外婆家那边的事情给他们听，什么攀野笋啦，摸田螺啦，吃盐菜汁烤倒牛肉啦（外婆那里没处买牛肉，也舍不得把自己的耕牛杀了吃，只有某家的牛病亡了时，合村始有倒牛肉吃），看姨婆掘山芋啦，跟外婆拿了旱烟管坐在石凳上同长长太太谈天啦……伯母、婶娘、仆妇等都掩口笑了，小苏青也得意地跟着大家一同笑了，但是她母亲却深以为耻，责打数次，可苏青仍不知悔改，母亲所以气得牙齿痛，饭也吃不下。

苏青的母亲因为这件事情同苏青商议了好多回，让她不要讲如此有伤大雅的事情，有时还拿樱花糖哄她。但是苏青往往转眼就忘了，每每拉着女仆、车夫就肆无忌惮地说起自己下水摸鱼、上树掏鸟的那些事来。母亲每每总是叹息，苏青果然是没有那个福气。因为她自己和苏青的父亲商议过多回，说将来一定要让苏青读到大学，还要找一个家教与舞蹈老师，让她以后可以顺利地成为一位公使夫人。但是如今看来，苏青一直念念不忘山乡野林的农家生活，怕是以后只配做一个放牛的牧童了，这不能不让她为之担忧。苏青的母亲虽毕业于女子师范学校，但是对苏青的教育却毫无他法。

没了靠饭局应酬娱乐的苏青，放学之余就由仆妇督促着念书写字，一整晚都不得闲。每晚，母亲都要检查苏青的国文。或许正因如此，苏青的国文水平提高了不少，这个顽劣的女孩子突然发现了独属于自己的兴趣爱好，在那一刻，文学殿堂突然向她敞开了大门。

想来也是可笑，想着让女儿成为公使夫人的冯松雨，最后却不得不自己打消这个念头。不过，也可以想见，童年时的苏青究竟刁蛮到了何种地步。

世事无常，这世间万般艰难的事也终会有柳暗花明的一天。于苏青而言，做不做公使夫人实在是没什么要紧的，她不过是想要一个好父亲罢了，可现如今却连这点念想都实现不了，那旁的事儿又有什么关系呢？她同情着母亲的懦弱，不甘只做一个缝针拿线的家庭妇女，所以，她觉醒了，为的是不再重蹈覆辙，踏上母亲的旧路，一去不复返。

所以苏青难免会无比憎恨地写下："所以为儿童的幸福着想，有一个好父亲是重要的，否则还是希望索性不要父亲，而母亲必须有相当的职业收入才是。"

岁月是奇异无比的，儿时心间的呢喃被织成一张网，铺天盖地地裹住你的情思。年少轻狂时镌刻的水墨丹青，垂垂暮年时揭开的诗情画意，都随着这山川河流碎在历史的眼泪里。

# 第二节　幽谷荼蘼

在悄然伤逝的碎时光里，不知是谁的眉梢染上了你的忧愁。三月的阴雨天，躲闪着谁的迷惘，像是碗里的糖稀，浓得化不开。

怀中襁褓里的婴儿，倏忽间亭亭玉立地站在了你的面前，往事忽然涌上心头。奈何光阴荏苒，白墨已染了双鬓。我再没机会去瞧那些旧城的琐事了，就让这素朴的白云清风带走我的哀愁。

苏青的母亲姓鲍名竹青，人如其名，青青翠竹，心高气傲。苏青母亲本人约莫着就是如此清高的一个人，可惜空有一身抱负，却无处施展——不甘于女子落于男人之后，一心想要走出闺阁之中，展示自己作为一个女子的动人风采。

可惜的是，在不幸的婚姻与家庭里，她逐渐陨落了，如一颗灿星最后黯淡无光地消逝了，沦为生活的不甘者。她这一生也许不该如此，也许她本可以在生活中大放异彩。但是造物弄人，她就在绝望与平庸中浑浑噩噩地度过了她的一生，以至于让苏青在后来的日子里对婚姻充满了不信任感，甚至充满了抵触情绪。

　　苏青父母的婚姻是典型的旧式的包办婚姻。那一代人结婚讲究门当户对，所谓"父母之命，媒妁之言"。当时，鲍竹青与冯松雨的家族在当地算是久负盛名，具有相当大的影响力，可谓有学识、有地位。

　　鲍竹青之所以能和冯松雨结缡，与他们的父亲有很大关系。鲍竹青的父亲是个诗痴，闲来即作赋，这一点恰好对了冯丙然的胃口，两个老先生吟诗作赋，志趣相投，私交甚好。

　　祖父的诗留下来的不多，唯有寥寥几首。一首遗诗的前两句是后来刻在祖父母墓碑上的一副对联，上联是"一场幻梦醒何在"，下联是"两个遗骸蜕此间"；另一首上联是"酸甜苦辣咸，七十年来备尝诸味。今朝了却情缘，一笑灵魂离旧壳"，下联是"亚欧美非澳，五大洲还岂乏名区？异日往生乐土，重开世界作新民"。

　　冯松雨家族的父辈是支持女性读书的。苏青的祖父也十分开明，没有重男轻女的思想，这也为鲍竹青在婚后可以继续读书提供了条件。也许在外人看来，冯松雨与鲍竹青简直是郎才女貌、天作之合的一对璧人，可是他们最后却决裂了，以至于影响了苏青，让她在之后的婚姻生活里毅然决然地选择了离婚。

　　这世间的事情谁也说不清楚究竟是怎样的，那时的你，后来的他，全都是变化着的，没人能保证你和他还能像当初一样。陌陌红尘，来时的归路已断，就如你我的情分已了。

　　鲍竹青是幸运的，当年冯松雨去美国留学的时候，她也在继续着她的学校生活，她并没有因为生活不如意和照顾苏青姐弟就待在家里做起家庭妇女，反而继续学习深造，寄希望于她的梦想。这得益于冯家男女地位平等，女子也可以读书识字的开明思想。这种良好的教育氛围，让冯家女子都能饱读诗书，做新世界的知识女性。

可是这美好的日子只有那么短暂的一点儿时光，很快，不幸就降临到了鲍竹青的头上。旧时代终究是不眷顾女性的。它赐予她们苦难，让她们在绝望中逐渐地"安逸"下来，平静地过着日子，再没一点儿关于自己的念想，让她们成为天天缝补针线、侍奉公婆、勤谨持家的女子。

这是时代的悲哀，也是女子的灾难。女子就犹如一朵芬芳的花儿，却由不得她见日光，终日被置于阴沉沉的温室内，细数着生活的日子。

鲍竹青是不幸的。归国的冯松雨沾染了国外的不良风气。他在升官发财的路上一路挺进，生意顺风顺水。阿谀奉承、缠绕其左右的人更是数不胜数。在这个当口，冯松雨频繁出入娱乐场所，赌博、酗酒、狎妓，甚至连包二奶、养情人都做了，极尽风流快活之事。

面对这个对自己视若无睹的丈夫，鲍竹青选择了忍气吞声地守着这个家。平日里，除了照顾子女，还要伺候公婆，更重要的是，她还要面对丈夫阴沉的脸和每日酩酊大醉的状态。这样的日子，她一步一步地挨，实在挨不住了，就日日哭，默默地流泪，叹自己命苦。但是她却从未想过跟丈夫谈一谈，在家里闹一闹，说一说自己心里的委屈，她就那么无声地为整个家操劳，等着丈夫有朝一日幡然醒悟。

鲍竹青内心凄苦之时，也会夜夜流泪，以此释放自己内心的情感。在苏青的眼里，母亲得知父亲在外头与交际花有染之后，只是不动声色，绝口不提此事，且不去管他，随他风流快活；另一方面却以一人之力，上侍公婆，下教儿女，继续尽她贤妻良母的职责。冯松雨呢，自知理亏，在家时只得更温和地对待自己的妻子。这层窗户纸，谁也不肯先捅破，所以两个人自始至终相敬如宾。

柔弱的女子把所有的心酸都藏在心里，只有夜静无人时，暗自垂泪。她不甘于离婚，却也有安慰自己的法子。

"有一次午夜里我忽然醒来，面颊上觉得润湿，睁开眼睛看时，她正偎着我垂泪。我的心中一阵凄惶，莫名其妙地也陪着她哭了起来。她噙着泪向我诉说：'自从你爸爸变心以后，我可够受气哩！不过，我却不能像你外婆般贤惠，让那婊子跨进门来，不怕她爬到我的头上去吗？好在我自己有儿有女，就算你爸爸一世不回头，我也能守着你们姊弟过日子。老婆总是老婆，难道他为了妍头，就可以把我撵出大门去不成？'"

在封建时期，男人有三妻四妾似乎成了正经事。苏青的外婆在自己的丈夫与外头唱戏的好上了的时候，先是痛哭一场，接着就劝说丈夫将她纳为妾室，一来显示自己的大度，二来怕别人说自己吃醋。

多么可悲的旧思想，娶三妻四妾成了正经事，女人生气吃醋反而是不顾全大局，要被别人拿去说嘴的。

鲍竹青没有如此浅薄，她毕竟是读过书、受过高等教育的女子，可她面对着日日在外喝酒偷欢的丈夫，却从未想过去争取自己的爱情、主妇的自由。她也只能可悲地想想，自己怎么说都是明媒正娶进门的，还为冯松雨孕育了儿女，纵然丈夫不爱自己，也绝不会为了一个妍头就将自己撵出大门。

鲍竹青与冯松雨的婚姻，可以说是整个民国社会新旧交替的写照。

一个柔弱的母亲心底发出呼唤，她是绝对不愿瞧见自己的女儿踏上同自己相似的道路的，她有着一个母亲的希望——对儿女的殷切期盼，这点希望也成了她在漆黑的夜路上行走时的一盏心灯。

"我为什么仍旧坐在家里养你们？那都是上了你死鬼爸爸的当！那时他刚从美国回来，哄着我说外国夫妇都是绝对平等、互相合作的，两个人合着做起来不是比一个人做着来得容易吗？……他在银行里做事，我根本不懂得商业，当然没法相帮。我读的是师范科，他又嫌小学教员太没出息，不但不肯丢了银行里的位置来跟我合作，便是我想独个子去干，他也不肯放我出去。他骗我说且待留心到别的好位置时再讲。"

母亲愤恨着因为孩子出世了，所以一天到晚地喂奶，忙这忙那，由不得去想找工作的事情了。于是只好养着孩子，等孩子稍大些再出去找些事情做。但是很快，第二个、第三个孩子接踵而来，那时也早已上了年纪，不敢再做什么尝试了，只好把养孩子作为终身职业。这件事是母亲心头的一道疤，提起来便隐隐作痛，后悔不迭。她自己走过的老路泥泞不堪，她又怎能忍心看着女儿继续跳入火坑，饱受煎熬？她的心里是有着一个希望的，希望女儿能够走出这狭小的天地，逃脱柴米油盐酱醋这个小圈子，去发现新的世界。

如此痛心疾首的话语，全是鲍竹青从心底发出的呐喊，是她对苏青殷切的期盼，是她对新时代女性的自由的渴望。

倘若可以选择，苏青大约不想出生于这样的家庭。虽然她的童年充满了豆酥糖的甜腻、山间野笋的鲜嫩，但她每每回想起自己的父母都会内心怅然，要不然她怎么会在《好父亲》中写下如此咬牙切齿的文字，全然不顾及丁点父女情分。

置之死地而后生，毁灭过后希望才会重生。逆境之下的苏青犹如一株野草倔强地生长，长出天地间的本色。这一抹亮色，任凭岁月流逝多少年，也不会消逝。

总有一天，我们会别离，那么，下个路口，我们就此分手。往事寂寂无言，故人此去不归，唯我孑然一人，听风赏月。

## 第三节　青青子衿

挽髻人典当春衫归去，背向垂泪。

人间四月，花开成海。命运的网如何逃得开？只好蜷成香案上的一缕青烟，盈盈一握，便四散开来。

苏青的一生尽管是悲剧收场，却不似张爱玲一般自始至终都生活在痛苦里，她直到结婚之前都活在快乐和自由之中。

苏青在外婆家度过了撒欢的年纪，美好的日子就这么不声不响地走过去了。她后来被带到了祖父祖母生活的村落，与叔伯堂兄妹们生活到了一起。

如果苏青一直生活在乡野山间，也许最后生活留给她的只有一张巧嘴，可是现如今，她还留下了一支素笔，笔锋锐利，直戳心窝。

浣锦村是美丽的，所有的事物都井然有序。淳朴的乡民、慈祥的老人、温润的男子、娉婷的姑娘，这所有的美堆砌在一起，才让这原本枯燥的生活变得有趣起来。

苏青的祖父冯丙然先生本就是一个传统的注重礼仪细节的人，任何一个家族成员都要彬彬有礼、谈吐文明，每天早上甚至还要到长辈的住所请安问好，这些烦琐的程序定是不能让苏青喜欢的，因为她本身就是一个爱热闹、无拘无束的孩子，这种礼貌的规矩让她受到了极大的约束。

但是好在祖父并不是刻板之人，并不因为苏青身上的山野气质就对她呼来喝去，另眼相待。他静下心好好地教育苏青，用循序渐进的方式让苏青改掉一身的不良习气，这正是当时受到了高等教育，乃为清朝举人的冯丙然独特的育人方式。这般慈祥却又不失威严的老人，乡邻们给予他的自然是无上的尊崇。

可以说，苏青后来能在上海这般人才聚集、万物混杂的地方崭露头角，并成为一代才女，和从小祖父耐心的教诲有着莫大的关系。

苏青在浣锦村祖父祖母家中一直生活到八岁，父亲冯松雨升迁为上海银行经理后，就把苏青和其母亲一同接到了上海，苏青的小学就在上海一个传统的弄堂之中。冯松雨为了让苏青接受高等教育，不惜花重金请来家教教她学习英语和练习舞蹈。

渐渐地，苏青在外婆家养成的不良习气在祖父和父母的循循善诱下消磨干净，但是始终有些遗留下的野性无法改变。这是天性，是长在骨子里、流于血液间的。母亲曾因为苏青不成器而责打苏青数次，反而因此加剧了苏青的叛逆，最后只能不了了之。

这样被宠溺的童年对于苏青来说是幸福的，这让她的叛逆得到了最大程度的挥霍，或许这也是之后苏青混迹于上海的灯红酒绿之间却如鱼得水的重要原因吧。或许她从不向往纸醉金迷的生活，但无意之中却让海水打湿了衣袖，沾染了腥气，逃了半生，最终也没能逃开诅咒的帽子。

　　然而命运摆弄着人们行走的轨迹，而且总是喜欢开一些诡谲的玩笑。冯松雨英年早逝对于整个家庭来说，影响巨大，从此，孤儿寡母无依无靠。

　　苏青尚好，因为她在脑海里早已把父亲勾画成一副恶人的模样，对于她来说，父亲只是一个取钱的工具，现在没有了这个工具，顶多生活上会拮据一点。但对于苏青的母亲鲍竹青来说，冯松雨的离世无疑是一次沉重的打击。

　　头上的天突然塌了下来，家也不成家了，几乎要散了，全凭着一个弱女子一手把孩子拉扯大。上天大约从不忌惮悲惨的命运，所以这世上才多了许多伤心的人。

　　冯松雨生前爱慕上海有名的交际花，这是贵族圈子里人人皆知的事情。那些时日里，鲍竹青只能日日以泪洗面，夜夜不能成寐，劝阻不成，哭闹不成，心中悲痛无比。但是突然之间，这个一直伤害着她的男人离开了人世，这对于温婉柔情的鲍竹青来说，或许是精神上暂时的解脱，但终究还是要迎来更为痛苦的煎熬、更多痛苦的日子。

　　然而痛苦只是暂时的，眼泪流过之后，必须继续向前走。活着的人必须为生活开始新的奔波。

　　当时十二岁的苏青已经到了上初中的年龄，她回到了宁波老家，就读于鄞县县立女子师范学校。这所学校专为女子创立，受西方文化影响较大，有百年的历史，许多名人都出自这所学校。民国时期，这所学校是宁波唯一一个能达到中学教学水平的读书场所。

苏青进中学时只有十二岁，人又生得极小，但她偏偏极喜玩闹。有言为证：

"我进中学时才十二岁，跳来跳去瘦皮猴似的本来还用不着防范到这类情事，可是我的五姑母却要先天下之忧而忧地谆谆告诫起来了。"

女子师范中学在月湖中央，校舍占着一大块风景优美的土地，唤作竹洲。这是一块历史悠久的地方，其中的故事为史老先生津津乐道。

"竹洲的古迹很多，说起来在很早的北宋庆历间，就有个楼西湖先生（郁）徒此讲学，不过那时还不叫作竹洲，叫作松岛。到了南宋熙淳时，史忠定公（浩）筑真隐馆于其地，乃更松岛为竹洲。后来又来了沈叔晦先生（焕）同他的弟弟（炳）居于真隐馆之右，各开讲院讲学，热闹非凡。其后更是代有闻人，如楼宜献（钥）之筑锦熙堂，全谢山（祖望）之著书于双韭山房，费做季（以局）之主讲辩志精舍，这些都是四明人士所津津乐道的，我们的校长史老先生更道之不厌。"

这是苏青的祖父冯丙然的友人开设的一所学校。这位鄞县女师的老校长乃是前清的秀才，虽因循守旧、思想顽固，却有着自己为人处世的原则底线。这位史老先生，曾是苏青的母亲鲍竹青的老师，品德高尚，备受当时学生们的尊敬。

这位老先生原也不姓史，姓施，只是在那个破碎的年代里，易名早成了文人墨客的一种习惯，一种保护自己、保护笔下人的方式。

这位史老先生"有一张满月般、带着红光的脸，三缕牙须，说长不长，道短却也不短。说话的时候，他总是用手摸着牙须。轻轻地，缓缓地，生怕一不小心摸落了一根"，那可不是说着玩的，这牙须珍贵得很，摸掉的话比打破他那副无边的白玻璃眼镜还要难过。

史老先生本也算个品德高尚的教师，只可惜在那个新旧交替的年代里，军阀混战，年轻的学生们每日都想着破旧迎新，厌恶极了老夫子的做派。他们要革命，那么一定就有人成为替罪羊。这个老头儿每日满口的"之乎者也"，怎么会不受学生的排挤呢？

这是时代变革，他作为清朝末年的一介遗老，能有何法？此生唯有寂寂孤老，被新时代遗忘，被旧时代抛弃，除此之外，别无他法。

史老先生整日戴着一副白边眼镜，摘下后就小心翼翼地放好。关于这副白边的薄的玻璃眼镜，还有一个有趣的故事。

据说史老先生的玻璃眼镜只碎过一次，是他在震怒之下摔碎的。说是因为当时学校里的一名高级女生入了国民党，在某一日的清晨邀请了三五个同学在操场上大肆讨论有关于男女平等、自由恋爱等不符合当时社会环境的诸多事宜。

这些事在当时的学校是绝不允许的，哪个学生敢在学校公然宣传这些言论？这位女学生可以说是犯了史老先生的大忌，以至于惹得他勃然大怒。

这位女同学在操场私语的情景恰巧被苏青的二姑母看见了——一个在女子师范学院任职的女舍监，她怎么可能纵容诸如此类的事情公然发生呢，于是即刻蹬着皮鞋，笨重而拼命地跑去校长室打报告。私自入国民党，还聚众切切察察地讲话，这可是一件破坏学校风气的大事，容不得半点马虎。

在苏青的二姑母上气不接下气地说了那女子入国民党的事后，史老先生立即变了脸色，手一颤，那眼镜便掉在了地上，虽被二姑母及时捡了起来，但那白的薄的史老先生钟爱的眼镜却还是碎了一片。

这个当口，史老先生自然是顾不上心痛眼镜，即刻就去了解国民党那档子事去了。可是事情显然已经不是史老先生想得那般简单了。

碎了眼镜还不够，渐渐地，史老先生的心也碎了。因为这位入了国民党的女生虽然被迫令退学，但是后来学校里的高级女生似乎都被她感染了，经常三五成群地切切察察在校园的操场上、厕所里私谈。

历史告诉我们的过往，只有零零星星的一点儿。那染了血色的诗篇，统统被丢在了断壁残垣的旧土地上去了，随着呼啸的风飘远。光阴溜走了，它们也被淹在了那漫天黄沙之下，又有谁会记得那些苟延残喘的历史呢？

小苏青虽在女子师范学校读书，却不曾受到二姑母与史老先生的太多照顾。一则是因为两位都是因循守旧之人，非常反对当时逆反创新的风气，而苏青又是这般活泼且伶牙俐齿的女孩子，许多不合时宜的新派头，自然是常常遭到他们的反对。因此，当苏青问二姑母加入国民党为何会被勒令退学时，二姑母大惊失色，且严正地向史老先生报告了此事。史老先生为了此事甚至还拉了她去谈话，说苏青若是再如此胡闹下去，与那群入了国民党的女学生同流合污的话，免不了玉石俱焚的下场。二则是苏青年幼爱美，常梳着两根辫子去学校，可史老先生看见了却大发雷霆，说"天无二日，民无二主"，梳两根辫子简直不成体统。这事过后，苏青虽是重新地扎起了合二为一的辫子，但是整个中国却依旧是四分五裂的。

这些旧日往事统统被苏青写进一篇名为《涛》的文章之中，原文中的五姑母实则为苏青的二姑母。

苏青的这位二姑母，名为冯组群，是个巾帼不让须眉、有勇有谋的奇女子。

二姑母在十七岁时就结了婚，十九岁春天就死了丈夫。她的夫家是富有的，可是她的婆婆却凶得很。因此苏青的祖父就提出要求来，要把女儿接回来，让她在 M 府文学堂里读书。二姑母学业成绩一般，但是缝制、烹饪却是样样精通，在校时，就常替校长师母绣枕头花以及给校长先生代翻丝棉袍子。直到二姑母毕业，校长师母还不忍让她离去，坚持让她留在校内做个女舍监。二姑母乐得答应了，便一直在校内做女舍监，虽然后来名义上改为了"女训育员"。

在冯氏家族流传着这样一段让人津津乐道的往事：身份地位显赫的冯家，为冯老爷子冯丙然先生操办了一场场面颇为壮观的葬礼，前来吊唁的多是社会名流，一时间震撼了无数人。但是葬礼的热闹与大手笔，也让绑匪盯上了冯家的财产。有一次，一群绑匪绑走了苏青的伯父，并对其家人进行敲诈——凑足银子，不许报警，否则撕票。

银子凑足之后，众人缩成一团，唯唯诺诺，无一人敢去给绑匪送银子。苏青的二姑母在这危难之际，主动请缨，担负起了送银子的任务。二姑母进山当日，穿着指定的衣服、鞋子，右手拿一把洋伞。

可是见面当日，土匪临时又变卦了，说是要再加两千元，这么一来，赎人的钱由八千元变为一万元。凑足了钱后，二姑母再次上山救人，伯父才终于得救。

此次上山十分凶险，生死未卜。冯组群作为一介女流之辈，搞不好就被绑匪捉去做压寨夫人了，陷入钱财两空的境地。可是，二姑母凭借着自己的智慧，两次进入土匪山与绑匪周旋，终于赎回了苏青的伯父。

如此一位有胆有识的女子让苏青又敬又惧，敬的是那份勇者气概，惧的是那铁胆青面。

当时的土匪究竟有多凶狠，有文为证：

"突然盗匪十余人，头包黑布，手持洋枪，口操台音，先用条石撞开安奉杂货店，将钱柜倒空，后又撞开隔壁安泰米店。将其入内见无现洋，蜂拥上楼，店主妇带有家眷避匿不及，即被盗匪捉住，持刀恐吓，任其翻箱倒柜，将店主妇手中所戴金戒子两只，耳上所戴大圈一副强劫而去。"

寥寥数语，足可窥见当年冯组群面对土匪临危不惧的风采，可谓是奇女子也。

青青子衿，悠悠我心。

纵我不往，子宁不嗣音？

青青子佩，悠悠我思。

纵我不往，子宁不来？

挑兮达兮，在城阙兮。

一日不见，如三月兮。

——《诗经·郑风·子衿》

　　陈年旧事被重新提起，当年落笔的纸如今早已覆满灰尘。记忆犹如一只大雁，纵然飞过天南海北，我也依然清楚地记得踏进那悠悠空谷中的园子，听见满园的欢声笑语，重见了当日你的风采。

## 第四节　孤雁哀鸿

迷了路的孤雁哀鸿，请让我为你寻一处栖身之所；深陷沼泽的羔羊，让我为你的来生祈福诵经。

红尘路上山遥路远，千帆过尽，繁华枯败。凤凰流浪人间，百鸟来朝；杜宇哀鸣，啼血身亡。前清遗老，孤坐藤椅，看这乱世江山被挥霍干净，老泪纵横。

"鸟之将死，其鸣也哀；人之将死，其言也善。"史老先生的最后一次谈话让他意识到他心内所想所感是如此苍白无力，他内心凄凉的最后的呐喊声没人听得见，他清楚地知晓这时代早就变了。

"商女不知亡国恨，隔江犹唱后庭花。"孤独遗世，才该是他后半生的缩影。

狼烟四起的乱世江山，史老先生是旧人，他是当被革除的，他又何尝不知呢？所以，在那个冷风萧索的清晨，他就着刺骨的寒风替自己做了一个决定，残忍而又决绝。

于是，没过多久，史老先生递交了辞职书。女子师范也改成了中山公学，实行男女同学制度。苏青早已被遣送回家，等着入学通知。但是三个月不到，中山公学就解散了，什么男女同学制度，完全实行不下去，而这完全也在意料之内。所以过了年，便又重新改为女子中学了。

女子中学的校长是一个漂亮的女士，姓邹。因为学校原有的那些老教员大多是些顽固封建之人，决不肯屈居于一个女子之下，所以大多数人都走了，只留下些年轻的男教员。

这位邹女士有一个相好的，是学校里教政治的商先生。商先生人生得极为漂亮，与邹女士看起来般配极了，他们两人的结合可以说是珠联璧合。可惜的是，这位商先生在乡下有一位太太，为了同这位太太离婚，商先生在离婚请求诉讼中写道："不孝翁姑，骂鸡骂狗。"法官就问翁姑，这位媳妇是否如诉讼中说的那样。商先生的父亲大怒道："我的媳妇是贤孝的，就是儿子被邹婊子迷住了，所以在说热昏话。"

结果自然是离婚不成，但是邹女士与商先生还是同居了。

苏青休学回到家中，依然十分想念校园生活，因为家里实在是太无聊了，只能等着哥哥从学堂归来给自己讲一星半点好玩的事情才能解闷。苏青私下里还偷偷学唱党歌，没有人教，就自己照着谱子随意哼来哼去，却也能唱出个调调来。

祖父是极开明的，不但同意苏青剪短头发，甚至连男女平等的观念也赞成，女子服务于社会也赞成，只是万万不同意自由恋爱。

"哥哥说：'便闹花样又有什么关系呢？现在许多人都赞成自由恋爱啦！'祖父听完便勃然大怒道：'什么叫作自由恋爱？那简直是苟合行

为，雌狗与雄狗似的一遇便合。'"

祖父虽是一位值得敬重的老人，可惜他依旧不能认同什么自由恋爱。老先生心里定是极为不齿如此作风才会怒发冲冠，这是一位旧时代的老先生对封建礼教的最后底线。

1928 年春，北伐风暴消停了以后，苏青得到祖父的首肯，又入了学。苏青年纪虽小，但是十二岁就入中学的她，依然在校园的生活中大放异彩，为人瞩目。事事好出风头的她，在这象牙塔的庇佑下，自然是春风得意。

不久之后，这位邹女士也辞去了校长的职务，原因是在济南事件爆发后，苏青等一众学生被派去调查国货与某货，商先生与她们天天碰头，时间一长，就爱上了与苏青同行的一众女学生中的一位。

他写信给她说，"剑英先生：怎么你的回信还不来？真把我盼望死了，人家说望眼欲穿，我是连肩膀也望穿了……"这封信落到了邹校长手中，她读了后，只是一言不发。第二天，商先生的政治课便被何先生替代了，紧接着又过了几日，邹女士也辞去了校长的职务。

随后就调来了一位姓刘的先生担任新校长，掌管学校的一切事宜。这位姓刘的先生掌管学校事宜之后，做的第一件政事便是挽留苏青的二姑母。

在民国的灼灼风华里，苏青可谓是风云人物。她的一颦一笑，手间素笔，都让当时的文人雅士大为惊叹。而这惊人的天赋，早在她上学之初就已显露出来。

苏青自幼就受到了祖父和家教老师不同文化思想的熏染，此刻终于到了爆发的时候，她扎实的国学功底和优异的外文，得到了老师和同学们的一致褒奖；再加上苏青面容娇美，如同一朵含苞待放的蔷薇，更被同学们戏称为"文艺女神"，所作文章开始在这所学校流传开来，备受欢迎。

沉默的年代，压抑的情感深积在心内，亟待爆发。在这个笼罩着阴霾的国家中，山林不再秀美，溪水不再清澈，民众集会自然是很多的。

在当时民众集合的场合中，苏青几乎每次都会出现在队伍中，但是她生得矮小，所以常常站在最前排尖着嗓子唱党歌。

一众同学演些话剧，例如《复活的玫瑰》《孔雀东南飞》《南归》《三个叛逆的女生》《青春的悲哀》《咖啡店的一夜》等等；跳舞也多是"三蝴蝶""海神舞"一类。跳舞时，女生的裙子又短又紧，常常气得苏青的二姑母恨不得给她们一把扯下来。当然，二姑母并没有这么做。

1928年5月，"济南惨案"过后，校园内一片哗然，学生们大为愤怒，纷纷呼喊人权。苏青在这个危急时刻被推选为学生代表，外出参加各种民众集会，并且进行公开演讲。她年纪虽小，却是学校里的活跃人物，又是学生自治会中的一员，所以常被遣为女中的代表去参加会议。

苏青那时觉得很是得意，还因为这事收获了一个意外的惊喜：一个四十多岁的武装同志接二连三地写来了三四封信，且每封信内都附有他的近作白话诗。其中一首有几句是这样写的："病了的孤雁哀鸿，希望在你的心中觅个葬身之宫！"

　　这种赤裸的示爱的句子，可把当时的刘校长和二姑母吓坏了，他们立刻唤苏青来办公室，掩上门，屏退"仆役"。他们严正地和苏青说了此事，把苏青吓得不轻，当即掩面哭了。然后事情就这般不了了之了，但这之后苏青便给关禁在校内，不准出门，一直关到了"国庆"纪念提灯会的那天。

　　这般示爱的字句并不算个例，当时的青年知识分子大多信奉新文化、宣传新思想，有不少人还闹着与乡下家中的妻子离婚，以享受真正的婚姻生活。这大概全是当时闹得沸沸扬扬的自由恋爱、两情相悦的婚姻观种下的果子。

　　只是，两情相悦、自由恋爱尚能理解，抛家弃子是为何故？只因为得了一点新思想的熏陶，就妄图逃避责任，追寻所谓的自由，岂不是可耻可憎，为人唾弃？

　　举办提灯会在当时的青年学生看来，是一桩喜事。可是学校似乎并不这么想，一群女学生提着灯笼参加集会，被街上的人围观且指指点点，实在是不成体统。于是，关于提灯会这茬，学校自然绝口不提。

　　"国庆"的前一日，学生们见学校丁点儿动静没有，便全都怒骂起来。学生自治会即刻召开了临时会议，选了七个代表向刘校长请愿，要求学生们参加提灯会。不得了的是，这七个人之中恰恰又有苏青。得知此事的刘校长恼羞成怒，却批不得别人，单单训话了苏青一个人，说是女孩子深夜提着灯出去委实不妥，女孩子出门一定是需要人保护的。

　　可是阻止又能有什么用呢？虽阻挡住了身体，但思想是绝对阻挡不住的。

刘校长终究还是同意了，不过却请了几位先生保护着。

学校里的先生买好了灯笼，红的绿的，各种颜色式样都有，把姑娘们高兴坏了。

全校四百多个学生往那街上一排，觉得好玩的群众聚成一堆，对着这群女孩子们指指点点。围观的人愈发多了起来，其中不乏流氓混混，他们不时地说些低俗下流的话，这让队列里的许多女生红了脸。

到了中山公园，浩浩荡荡的队伍从公园大门口出来，看热闹的人挤在两旁，人头攒动，不三不四的流氓也趁机混进了队伍，急得护队的马先生即刻叫来了十几个警察。流氓虽是赶跑了，苏青等女学生却吓得不轻，纷纷逃离了队伍，携着那被烧焦了的灯笼垂头丧气地回去了。

时光的洪流中，多少人在乱世之中颠沛流离地活着。狼烟烽火的岁月，遍体鳞伤在所难免，被枷锁束缚的命运在劫难逃。或许唯有此刻，唯有当下，才能让这些人苟延残喘地继续活着。

时代在变革，旧社会要被推翻。暴风雨要来了，将这无望的大地淹没了，将这高峻的山峰推裂了。只是这暴风雨过后，仍旧是风雨，太阳出不来，人心依旧冷冽，民众依旧愚钝。但是这燃烧着民族情感的火焰终究会将一颗民族自尊心彻底地熔化，熔化成一团血水，和着苦苦挣扎的眼泪，埋葬在死去的年代里。

第三章

我辈岂是
蓬蒿人

# 第一节　波涛汹涌

生有何欢，死有何惧。我们行走在时光的路口，任年华匆匆老去，任韶光黯然失色。纵然这世间的万般终是蹉跎，却依然于心不忍，难弃往昔。我空有满腔的热血，只能浇在那冰冷的土地上，这世上，谁人能与我并肩走过余生的酸楚。

同是饱读诗书、思想自由，男人多半为人称赞，女人却常落得骂名。这是旧社会的写照，总得有人将它彻底地推翻。褪去封建顽固的硬壳，才能露出光鲜亮丽的里子。

提灯会终于还是搞砸了，但是一众学生仍旧没有放弃，学潮仍在继续。可提灯会无疑成了一个引子——女学生宣告解放的由头，振聋发聩，犹如一帘清风将偌大的女中校园的一池死水吹皱。

女子中学教师虽多，但没有几个教员是真正受学生们爱戴的。

譬如国文教师程先生，他是个红鼻子酸秀才，常常擤出一大把鼻涕，没有手帕擦，只好揩在多余的讲义上，此种令人作呕的举动，无疑让学生们大为反感。刘校长同时兼任了数学老师，但难题一概不讲，因为他认为女子是用不到如此高深的数理知识的；一天到晚闲着没事做的训话，实在是烦人得很。教英文的蒋老师念起英文来像吃了糠一样，一板一眼的，嘶哑且又十分生硬，也没讨得学生多余的喜爱。还有一位教党义的赵先生，连东方大港都不清楚，什么都不晓得，沦为了学生们的笑柄——必是受到了特殊关照才当上教员的。

"山重水复疑无路，柳暗花明又一村。"让人生厌的老夫子做派的教员并没能遏止学生们追求光明的热情，她们依旧对新思想求知若渴，来者不拒，私下里甚至会偷偷地传阅"总理手册"，并翻来覆去地读。纵然世事纷争，君心依然坚若磐石，不肯与时人苟合。

花开有花开的守望，花落有花落的无奈。生命的隧道里，总有几场风情万种的相遇。尘世间，我们的故事起起落落，情深情浅，皆为一场缘。有些相遇，无关风月，盛开在菩提树下，馨香芬芳了心间的每一寸情思。

民国十八年的春天，学校请来了一位姓徐的先生。这位徐先生不过二十七八的年纪，瘦削的脸，淡黄色的皮肤，戴一副白金丝边眼镜。他说话声音不高，举止亦很得体，使人见了肃然起敬。

年轻的血液注入学校之中，每一位学生都蠢蠢欲动。他们在犹豫，他们在彷徨，他们还需要一把火，点燃这冰封的烈焰。

徐先生教的是历史课，可他似乎很讨厌古代的历史，只说古代帝王姓甚名甚管他做什么，然后便正儿八经地教起了近百年来中国屈辱的历史。一个个昏庸无识的人物，一桩桩令人发指的事件，一条条丧权辱国的条约，他都解释得明明白白。他说，国家应图自强，青年应谋奋进，妥协退缩是万万不可的。他讲得声泪俱下，学生们听得摩拳擦掌。有时下课铃声早已打过了，但谁都不去管，直到下节课的上课铃声响过，刘校长腆着肚子走进来，徐先生才草草结束，快快地携了点名簿离开。

生命注定是一场漂泊，人生何尝不是一场追逐。徐先生妄图耗尽毕生心血去捂热这些年轻的跳动的心脏。他就是这样一位热爱国家、有着民族自尊心与使命感的青年知识分子，但是他却不被容于这个社会，刘校长的眼里容不下他。他空有一腔报国热情却无处施展。他壮志难酬，忧郁愤懑，一腔热血只能满满地浇灌在更年轻的一代人身上。

他在播种，待其发芽，茁壮成长，成为更有力量的一代人。他深知，只有新青年才能冲破这个旧社会的牢笼，拨开云雾，重见天日。

刘校长并不待见徐先生，认为学生们深受他的荼毒。刘校长的训话一贯是，如何安分守己地读书、安分守己地做人、安分守己地吃饭，别自找祸殃，"过激分子"是不容于社会的。苏青她们自然知道他是在暗讽徐先生，她们替徐先生不服，便拿话去反驳他，语气中还包含敬仰徐先生之意。刘校长虽有怒气，但毕竟是有教养之人，当日虽不肯轻易发作，但是以后但凡遇到不如意的事就会起疑心，以为是徐先生在煽动学生。

心病是早晚要治的，祸患是早晚要除的。刘校长心里大约铆足了劲儿要找徐先生的茬，他深知徐先生在校内多待一日，祸殃就会提前一日到来。学生们可能不会意识到，她们的激进行为最后会被统统算在徐先生的头上。

徐先生就如一只孤独的大雁，南来北往地游走，却找不到一根栖息的枝丫。他飞得累了，就兀自叹一口气，感叹时运不济，然后重又起身，继续飞翔。

终有一日，校内的罢饭事件波及了徐先生。原是学校的厨子总是揩油——菜质劣，鱼肉像粉块，青菜更是连土也洗不干净。学生们整日想尽办法找厨子的麻烦，譬如找些虫子扔在吃剩的菜碗里，要求另换一碗。每每这时，厨子总是满脸晦气地再补上一碗。

"菜里有小虫"之类的招数用的次数多了便失了效用。厨子声明，吃饭之前必先检查清楚饭菜是否干净，吃过了才发现有虫子的均不作数。事有凑巧，有一日，一桶粥大家喝到桶底时才发现里边有一块抹布，浓得焦黄的污汁已经渗进粥里了。大家于是闹开了，说是吃了这不干净的食物烂了胃可不是小事，有的学生甚至当场就吐了。巧的是，徐先生念大学时因饮食不慎，得了胃溃疡。本来二者没什么联系，但是刘校长一心认为食堂风波是徐先生刻意挑起的。

学生闹食堂的风波未平，徐先生就被学校里流传的恶意的谣言彻底气病了，住进了医院。苏青她们担心没人照料徐先生，便请了假纷纷出去探望。

探望徐先生的事情，终于给二姑母与刘校长他们发觉了，盛怒之下，他们勒令辅导处不得给学生准假。还有什么事情比束手待毙更为糟糕的呢？于是一百多个学生集合起来，直直地跑向去往医院的路，誓要探望徐先生。未能料到的是，刘校长和几个辅导员早在校门口等着了，说是医生嘱咐徐先生要静养，不准探望。

双方对峙了好一会儿，二姑母终于松了口，说是可以去探望徐先生，只不过各级只能派两个代表。不幸的是，苏青依旧被推选为探望徐先生的代表之一。所以，这之后苏青常常受到二姑母的讽刺，说徐先生是有未婚妻的，苏青如今起劲地维护他，看来徐先生骗女人的本领不错。这话让苏青极为愤怒，可是她又不能公然反驳二姑母。

终于，在一个雨蒙蒙的清晨，校内布告上贴出了一张纸条，说"本校教员徐某某先生，因病逝世，即日起改由程某某先生代授"云云。学校里翻天了，一众学生组织罢课，哀悼徐先生。

一场盛世繁华，就此枯败；一颗赤子之心，七零八落。以梦为马的灵魂，从此浪迹天涯。

不久，校方以"受人蛊惑，煽动罢课"为由宣布开除以苏青为首的探望徐先生的几个代表。

这一场退学风波让苏青大为震惊，却又束手无策。她就如一只渺小的蝼蚁一般，成了学校杀鸡儆猴的牺牲品。

这些事让苏青吃了些苦头，她后悔不迭，但幸运的是，她在1930年7月还是拿到了初中文凭。对于苏青来说，这简直让她喜出望外。当日辍学时，她还心心念念原本差一段时日就可以得到的毕业文凭竟白白丢失了，现如今失而复得，喜悦之情自然溢于言表。

苏青虽曾被勒令退学，但不得不说，那时的苏青已然如一朵含苞待放的玫瑰，散发出迷人的香气。她向往自由、向往广袤无垠的天地，在文学的殿堂里，她开始自在地飞驰。

生活如歌，反反复复地弹奏着人间的悲欢离合。这出无人喝彩的戏剧，终将落幕。韶华深处，暗香涌动。烛光灼灼，照亮了杯中的一碗月亮，清澈宁静。

泥泞的路上，你所经历的所有稀巴烂的往事，都将落入那弯曲的田埂，被世人写在诗篇里，然后丢弃在荒芜的年华里，隐没在狂风呼啸的北方，之后成为沼泽地里滚烫的故事，不再有人记起，孤零零地到处飘摇。

## 第二节　雨雪霏霏

　　少年的时光总是美好的，稚嫩的脸庞透露出独属于青春的张扬。已在山间田埂上游荡成瘾的苏青怎能乖乖地待在书桌旁抱着书本将一句"商女不知亡国恨，隔江犹唱后庭花"背上一遍又一遍？她热爱话剧演出，喜欢写细腻的文字，念一口流利的英语，站在高高的舞台上，把自己的芬芳散播在学校里的每一个角落。没有人不知道这样夺目的苏青，没有人不知晓她的笑容。

　　一支素笔，一杯清茶，一捧月光，遇见一树花开，写就一段往事。有生之年，山高水远，不负春光。

　　苏青纵然是顽皮的，但她有一副坚韧的皮囊，里边装满了无数奇奇怪怪的想法。她性子虽劣，但却是野生的、自在的、不被束缚的。

　　尚在中学之时，苏青的文学锋芒与写作天赋就慢慢显露出来。正是活泼好动的年纪，所以才敢如此肆无忌惮地追逐自己的理想。死板的教科书已经不能满足苏青日益"膨胀"的求知欲望了，文艺杂志和青春小说成了她生活的必需品。她常在上课时偷着看，下课时，一群女生就围在讲台边七嘴八舌地讨论着书里的内容。

苏青喜爱文学始于幼年——手里捧着一本书，心心念念地记着、背着，醒时如痴如醉地读，睡时辗转反侧地想。书中的故事让她忧心，又让她欢喜，她时而没个正样地讲些逗趣的小故事，时而又一本正经地背些文学词句。她揪心于梁山伯与祝英台的唯美凄惨的爱情，却又醉心于《水浒传》里鲁智深倒拔垂杨柳的故事，甚至能把《红楼梦》里林妹妹葬花一节倒背如流。

关于苏青爱好读书，有一个小故事可以分享一下。苏青老家的楼梯口处放置了一个马桶，马桶近处还放了一个书橱，上头搁置了许多小说，诸如《水浒传》《西游记》《红楼梦》，除此之外，还放置了《西厢记》《牡丹亭》等。苏青常常在这马桶上坐着读书，且时常会入迷。有一次，苏青家的狗"法令"忽然对着苏青狂吠起来，可苏青却浑然不觉地读着小说。苏青家的保姆听见狗吠，急忙跑过来一瞧，原来那书橱上正挂着一条蛇，蛇头向上，蛇尾搁置在离地半米远的地方。

那时的苏青尚是一个人思考、一个人琢磨，对于书中的知识一知半解；现在的她，身处文学的殿堂之中，同周围所有同龄的女孩子一样，对这个世界充满了好奇，渴望找到谜底。

这样一群处在新旧社会交替中的女中学生，她们的思想是鲜活的，她们对这个世界充满了好奇。她们想要去探索、去发掘这些神秘的事物，尽管有很多东西她们都是一知半解的。

她们同样拥有叛逆的思想，只是在时光的打磨之中，有人被磨去了棱角，再不见了锋芒，而后被民国的风花雪月所浸染，看不见国家的悲痛、人民的哀号，只管活在灯红酒绿、纸醉金迷的快活岛上，听戏子唱一出《后庭花》。

那时的苏青是意气风发的，她站在一个新时代的女学生的立场上去看这个世界。她对这个肮脏与充满暴力的世界感到无比悲痛、无比憎恶。尽管后来的她在这混乱的年代里，不得不做一个逃亡者，可她从未终止对这个年代的哀悼。

风起云涌的滚滚洪流，劈头盖脸地将你打醒。此时的苏青尚是一块未经雕琢的璞玉，只等着时机成熟，将她打磨好，让春花秋月将她滋润，去往那红尘游历一番。

中学时代的苏青尤为活跃，她对所有事物都感到好奇，思想更是变化剧烈。文学世界向她打开了大门，她瞧见了金碧辉煌的文学殿堂。

一篇母爱小说，一则童话故事，一场爱情电影，都足以改变她的想法。所以，那会儿的苏青常盘了腿坐在讲台上，居高临下地讲一些听来的言论，很容易就把同学们唬住了。她爱辩论，更爱争论，尤其喜欢和别人唱反调。别人赞同的，她偏偏就要去争一争，辩一辩。譬如对于学校里学生大都支持的自由恋爱、婚姻自由，她就偏要反对。别人说"一夫一妻制"值得提倡，她却持反对态度。

这个年纪的苏青喜欢标新立异，以显得与众不同。她这时只是觉得和大家不一样是好玩的，其实这是她性子里的叛逆在作崇。她对这个世界尚没有一个完整认识，偶尔说出的话都是前言不搭后语的，自相矛盾的。

倘若说人生是一场牌局，那这时的苏青偏偏不按常理出牌。她每打出一张牌，必会让你措手不及、大惊失色。

中学时代的苏青编故事的天赋已经开始显露出来，她常常自己编些美丽动人的爱情故事来赚取同学们的眼泪，让自己极有成就感。那些故事情节曲折，男女主角走到一起的过程极为艰难，女主角往往又很单纯善良、惹人爱怜，所以同学们听了都会流下同情的眼泪。每每看到大家悲戚的表情，苏青总是很得意，但是面儿上却不轻易显露出来，还是一本正经地讲故事。

当时有一个姓黄的国文教员很喜欢苏青，常说她的文章有冰心的味道。苏青为此很得意。常有同学去问黄教员："到底是苏青的文章好呢，还是冰心的文章好呢？"每每这时，黄教员都眯着他那又窄又小的眼睛说："现在是冰心，将来可能就是苏青。"

果不其然，二十年后的苏青在上海滩的十里洋场站稳了脚，成了万众瞩目的女作家，她写自己的命运，也写生活的悲怆。这样的女作家更贴近当年中国动荡的社会生活，更质朴，更温和。在今天看来，相较于冰心的温柔婉约，苏青更犀利，更自然。

苏青在女中时简直可以说是多才多艺的代表，她那会儿迷上了吹箫，一首首曲子吹得哀怨婉转、荡气回肠的。她还喜好诗词，尤其爱的是南唐后主李煜的词，最爱那一句"别时容易见时难。流水落花春去也，天上人间"。喜好虽多，但她最倾心的依旧是文学，一篇篇凄婉动人的故事、一个个肆意张扬的人物，跃然纸上。他们活在苏青的笔下，有自己的人生归路，但终点通往何处，无人知晓。

苏青文学虽好，却有着难以言说的痛——她的数学极差，常常忙得焦头烂额也不得其解。苏青在《小脚金字塔》一文中讲到她后桌的一位男生，绰号"小爱迪生"，数学极好，什么难题都应付得来。因为他本人姓周，所以苏青在被数学难题困扰之时，常常喊"密斯脱周"来帮忙。但是时日一长，有人就在背后传言苏青和这位"密斯脱周"有暧昧关系。就这样口口相传，以讹传讹，没过多久，全班的男生都喊苏青为"爱迪生太太"。这对一位面皮极薄的女生来说，实在不是一件光彩的事情。所以，那之后，苏青便不敢随意回头问"密斯脱周"问题了。

那时苏青的二姑母对苏青的管教极严，唯恐她误入歧途，被人诱骗。可是苏青一向认为二姑母太过于刻板了，总是以一副先天下之忧而忧的面孔教导她。

"裙子放得低一些哪，你不瞧见连膝盖都露出来了吗？'

"'头发此后不许烫，蓬蓬松松像个鬼！'

"'你颈上那条小围巾还不赶快给我拿掉？这样花花绿绿的还有什么

穿校服的意义呢?'

"'下了课快些回到女生自修室里来温习功课，别尽在操场上瞧男生踢皮球哪！唉，看你瞧着不够还要张开嘴巴笑呢，我扣你的操行分数。笑！你再不听话，我要写信告诉你爸爸了……'"

二姑母对苏青要求极为严格，时时刻刻盯着她，让她不要和男生走得过近，甚至连说几句闲话都要被质问。让人更可怖的是，二姑母在苏青的枕头底下翻出一本《爱的教育》，竟一口咬定这是一本淫书，没收到自己的书架上去了。

甚至于被数学考试困扰的苏青，想让"密斯脱周"来帮忙补习功课也是没有机会的。因为二姑母总是悄无声息地出现，然后面色铁青、恶狠狠地训斥苏青。就连苏青自己都愤恨地想："我恨不得捣碎那座金字塔，折断那支两脚规，谁会相信爸爸有着这么一个可厌的姊姊呢？"

不是所有的故事都有结局。张爱玲的《小团圆》写了二十多年也未写完，停停歇歇，终于在一个月光皎洁的夜里带走了这份愁思；而苏青一生之中写过的最好的剧本大约就是她自己。


寻寻觅觅，冷冷清清，凄凄惨惨戚戚。乍暖还寒时候，最难将息。三杯两盏淡酒，怎敌他、晚来风急？雁过也，正伤心，却是旧时相识。

满地黄花堆积。憔悴损，如今有谁堪摘？守着窗儿，独自怎生

得黑？梧桐更兼细雨，到黄昏、点点滴滴。这次第，怎一个愁字
了得！

——李清照《声声慢·寻寻觅觅》

唱一曲《阳关三叠》，结了这出戏吧。伊人还未唱罢，我却不忍继
续听完。

# 第三节　惨绿少女

　　春花一场，落红一季。温婉芳菲的少女，擎一把小花伞，不倾城，不倾国，却遇上一场盛世的瓢泼大雨。回眸间，缘起缘灭，小花伞下长满了安宁的日光，等待伊人采撷。

　　少年不识愁滋味，爱上层楼。爱上层楼，为赋新词强说愁。

　　而今识尽愁滋味，欲说还休。欲说还休，却道天凉好个秋。

　　　　　　　　　　　　——辛弃疾《丑奴儿·书博山道中壁》

　　1930 年 9 月，夏日的余热尚未褪尽，苏青在全家人的瞩目下升入了浙江省立第四中学，即现如今的宁波中学。

　　平静的生活之下波涛暗涌，学潮几乎是不打招呼地就席卷了所有的校园，所有的学子都积极响应时代的号召，唤醒一个个有血性、有良知的中国人。

　　苏青在中学时代是活泼好动的代表，除了读书写字，演话剧、跳舞都做得来。苏青还曾在学校同乐会里演过话剧《孔雀东南飞》的兰芝，她把兰芝演得凄婉动人，观众拍手叫好。这其中的观众就有坐在前排观赏的苏青的母亲鲍竹青，也许她当时想到了自己凄惨的人生、不幸的婚姻，所以也不由得潸然泪下。

当时与苏青同演话剧的还有她后来的丈夫李钦后。李钦后在话剧中饰演一个并不是很重要的角色。那天坐在前排观戏的还有李钦后的父亲李星如，也正是通过这一部话剧，他对苏青留下了很深刻的印象，甚至将其视为自己选儿媳的标准。

苏青的话剧演得极好，让她在学校里大放异彩。她把自己的角色用一种近乎狂热的表演方式呈现在了舞台之上，将情感统统注入角色的灵魂里。

出演话剧的女主角远没有想象中那么容易，每一个个性张扬的姑娘都想尽办法争取扮演美丽的主人公的机会。

在当时的女子中学里，演话剧最要紧的便是确定演员人选的问题：因为这个同乐会虽说是整个学生会发起的，但实际上等于级际竞赛，各级同学参加表演之热心程度，完全由本级同学在筹委会中所占席数而定，故哪级会演话剧的人多，学生会执行委员会就会从这级内多挑几个筹备委员出来，给他们提供更多的机会。至于那些不大会演话剧的，尽撅着嘴巴生气好了。

执行委员中并不是每个人都会为公家的利益着想，纵然选出最优质的演员是不那么容易的，但是总能选出一个演技极好的人来，起码是符合角色本身的。但是执行委员们也常常有一己之私，滥用职权。这职权全用在了自己班当中。她们不管自己班同学的表演技能到底如何，是否能够胜任角色本身，只想着多选几个同学出来当筹委。这样一来，问题就变得复杂起来。所以，即便从十一月中旬起就召开会议讨论这件要紧的事情，也常常无济于事，总要争到十二月中旬，由教员出来指定，才能最终得以解决，虽然背后都是些咕哝的人。

众口难调是一方面，但是更多的却是对于选演员结果的不满，要么是心心念念的角色没有得到，只得了个别的不紧要的角色，要么是落选了。

苏青自打进中学以后，学校排演的话剧都是具有反抗精神的，譬如郭沫若的《卓文君》、王独清的《杨贵妃之死》等。那时苏青也趁着这个势头演了一部剧《娜拉》，这部剧也恰好印证了她以后的人生辛酸路。

在女中选话剧演员，绝不会因为你的演技、你的个性就选定你，而是要看你在校中的势力如何。能演年轻漂亮的女主角的一定是学校里学生中的领袖，不管她能不能胜任这样一个角色。如果你不幸得罪了学生中的领袖，那么只能演叫花子或者老太婆一类的角色。

苏青在女中的生活虽坎坷多磨，却也充满了趣味。三次辍学又复学的经历让她倍加珍惜在学校读书的机会。这会儿的苏青还是稚嫩的，童真的，充满希望，她尚不明白旧社会的残酷，生活还没有将她推入绝境之中。

无忧无虑的少女偶尔也会有自己的烦心事。苏青当时尚在爱美的年纪，可偏偏由于父亲故去、家境窘迫的缘故，在别的女孩子把自己打扮得花枝招展的时候，她却只能把一件碎花布的衣服穿了又穿。她本是一个那么爱美的姑娘，不得不在窘迫的经济环境下默默地掩饰着。

有很多姑娘与苏青关系较好，常常邀请她参加婚礼做傧相。苏青每每总是推却。不是因为没有时间参加，而是因为自己没有一件拿得出手的衣服，内心自卑，却又不敢吐露。后来有一次，一位姑娘邀请苏青去做傧相，她拒绝后才知道人家本是有意要送衣服的。这件事情让她足足哭了好几夜，白白错失了一次穿新衣服的机会。

"再说我自己吧，在校读书的时候也相当出风头，会说会话，可是从来就没有给人家做过傧相。原因不是没有女朋友邀，而是自惭无新衣服，傧相推却了。事后又知道新娘家原是存心送衣服的，这才后悔不迭，哭了好几夜。"

字字句句，情真意切，少女的辛酸往事仿佛历历在目。求而不得是这个如花年纪的姑娘最大的痛楚。风头虽出尽了，可是却依然掩饰不住内心的哀伤。

除却她自己如此窘迫地生活着，她弟弟的生活也是如此。这个可怜的小男孩周六下午从不敢回家，而是去码头边守着，因为要省下十几个铜板的路费。遇见正才公公划着船靠近码头，他便殷切地问问母亲几时上城来。正才公公当然不会知道他的母亲几时能上城来，但或许会给他带十颗鸡蛋。就算看不见母亲，看见正才公公或者是船头坐着的堂兄弟、叔伯之类的，他心里也能稍有所慰藉。

这是一个少年的期盼。他才是个十岁的孩子，每一次等待的尽头，希望都落了空。

苏青也难过，却也无可奈何。她觉得这一切都是由于父亲的缺失造成的，她把这一切的恨意都写进了《好父亲》里。父亲在世时，家里不曾有过一丁点儿的欢颜笑语，如今父亲不在了，竟连买一件新衣服的钱都没有，甚至连十个铜板的路费都拿不出来。

"可怜的孩子呀！他每星期六下午不回来的原因，不是恐怕荒废学业，只是图省这十几个铜板的航船费。——直到他放假回来时，身上已经生满白虱了。"

似水流年，不慕朝夕；天地山川，此心怦动。一个无比优雅的人，她曾经的兵荒马乱、四面楚歌，谁人都不曾见过。为着那以梦为马的远方，挨过苟且偷生的荆棘之路。阴晴圆缺的夜月，斑驳了无比璀璨的星空。

高中时代，苏青依然是学校的风云人物。她的热情像喷薄的火山一样，永不停息。她时刻响应时代的号召，时刻为着挽救祖国危亡做斗争。她坚信"天下兴亡，匹夫有责"。

朝气蓬勃的少男少女合演话剧似乎成了一种社会风气。最引人瞩目的是苏青演的一出英文短剧 *A Fickle widow*（《轻浮的寡妇》），这一出英文短剧是由《今古奇观》中庄子休妻的故事改编而成的。

舞台上的苏青，穿着洋装，脚踩高跟鞋。与她搭戏的那位饰演庄子的男同学，穿着颇为正式的小西服。两个人搭戏十分默契，台下观剧的同学掌声阵阵、喝彩连连。

热爱话剧的苏青在舞台上将自己的情感释放得淋漓尽致。她不曾想，她的一生竟是一出最妙的话剧，有无邪的童趣、绚烂的花事、如烟的过往、悲戚的死去……只差了一句墓志铭：我配得上我活过的人生。

之后的几年里，学潮运动迭起，苏青在这些学生中大放异彩，她连续发表多篇文章表达自己的政治观点。

"五四运动"时期，青年知识分子奋起，各大学校的学生组织青年爱国运动，建立"殖群社"，进行反帝反封建斗争。学校因此屡遭迫害。

民国十二年，省厅委让全国著名教育家经亨颐先生担任校长。接手后，经亨颐校长立即调整教学，聘请著名学者夏丏尊、朱自清、许杰、周作人等来校任教，培养学生的"自主、自立、自律、自强"精神。

当时的苏青凭借着自己的一腔热血，时常在刊物上发表自己的习作，受到极大的称赞。

苏青的整个高中生活都处在旧中国的动乱之中，她同所有同学一起，肩负起救国救民的重任。

崛起的青年知识分子，他们怀揣着满腔热血，踏上了救亡图存的道路。这世界，波涛汹涌，我却依旧只身坚守。

等风来，听雨声，赏花开，看叶落，纵然华发早生，两鬓斑白，颓然孤寂。一纸红笺，将韶华流年的美梦写进岁月的诗行里。

# 第四节　荒草旧梦

沉默的回忆囚禁在马革裹尸的旧时代里，梦境的牢笼此生都不敢遗弃。山一程、水一程，峥嵘岁月里暮光玩阳，是最后燃烧的心火。

青梅煮酒，时光如豆。我们终其一生都在随着远行的人流兜兜转转，逃不出命运的掌心。岁月翩若惊鸿，只一个回眸的瞬间，就将你我紧紧地套牢，捆绑在这逆转的风云间。纵然我们逃得再快，也无法逃脱命运的悲剧。

1933 年后的暑假，苏青是宁波府属六县走进"南京国立中央大学"的唯一一名女生。当时的她成了家乡人的骄傲，也光耀了门楣。那个年代的大学生极为少见，尤其是女大学生。苏青走出故乡的门槛，就犹如踏上了一艘绝不返航的船。前行是她的使命，远方是她的归途，她将就此光芒万丈地活在故乡人的目光里。

苏青考入当年的"南京国立中央大学"，即现如今的南京大学。这个瘦弱的姑娘在大学里勤奋学习，常常泡在图书馆里如饥似渴地读书。大学给她的不仅仅是一袭华美的袍子，还给了她一架梯子，让她足以攀登，去往更高更远的地方，自在飞翔。

苏青在学习之余，待的最多的地方就是宿舍了，那是她苦闷生活中唯一有一丝光亮的地方。那时的"南京国立中央大学"女生宿舍分为东、南、西、北四栋楼，每栋楼都各具特色。南楼光线足，东楼空气好，北楼形式美，而西楼则以臭虫多闻名。苏青当时就居住在西楼八号，与四人为友。

宽大的宿舍中摆放了五张床，窗侧还有一小门通另一小室，周围四室内居住的姑娘们出入都要经过这个大房间。宿舍内有五人，性格各有不同。宿舍是长方形的，正中是门，门的两旁各有一窗，其对面还有两窗，每人的自修桌都立于床前。

魏懿君的床位就在此二窗之间，恰好对着门；梅亦男与苏青睡在门的左右两边，与苏青头尾相接的是王行远，与梅亦男头尾相接的是李文仙。除了魏懿君的自修桌在她自己床前外，其余四人的都各据一窗，与自己床位相近。宿舍中央放置了五个书架，各边密合，成一正五角形。在正对着门的那条交线下，放置了一只马桶，每晚你去我来，光顾不绝。

苏青与同寝室四人以及住在隔壁小室的周美玉小姐，偶有交集，六人相处得倒也融洽，以至于苏青日后回想起来，依然唏嘘不已，可见当时几人交情不浅。可惜的是，六人后来聚散分离，再难相见。苏青每每忆起此情此景，难免感叹白云苍狗、往事难再。

苏青在《女生宿舍》中回忆：宿舍五人虽性格各异，但是相处得还算融洽。几个人中，魏懿君与梅亦男同为二十三岁，但是魏懿君看起来却像是已经三十岁的人了：不整齐的发，又整日地穿着一身黑旗袍，面色枯黄，且脸上带有大片的雀斑。魏懿君肄业于中国文学系四年级。她是寝室里最早就寝的，但是即便睡得早也不能尽快入梦，只得在床上翻来覆去地等待入眠；每日早上想要早起却又疲困欲死，终日哼哼唧唧，不得安宁，执卷吟哦。

梅亦男作为寝室里唯一的一个体育科女子，是不大受重视的。因为她修的是体育，这在当时的中国能做什么呢？是不能谋得一官半职、一点生路的，最多只是留在学校里做个体育老师，继续着教下一代体育的任务。梅亦男在体育科读了三年，除了体育课上喊口号会用到很简单的几句英文外，跑步时计算个五十公尺、百公尺之类的要用到数字计算外，其余诸如物理学，牛顿、莎士比亚之流的当时推崇的外国名人，对于她来说，一概是毫无用处的。还是中文最有用处了，因为她读了会流泪，会伤感。例如《最后的幸福》那样的文字常能使她流泪哭泣，就连小女子心仪的恋爱心得她都常备案头，没事的时候闲来读上几句，还颇为津津有味。读文章这些都是她后期培养出来的兴趣，一开始的时候，她对这些是没有半点儿兴趣的，只顾着每日每夜地躺在床上。她每每都是睡了一觉又一觉，睁开眼睛就开始捉臭虫，她到处找，毯子上、墙壁上、帘子上，捉到心满意足了就扯上一条"灯笼裤"向胸上一丢，便又酣睡了过去。倘若不是有这些日常的琐事羁绊着她，想必她可以整日整日地长睡不起。

这种贪睡的情况在李文仙身上是不可能发生的。李文仙是与王行远、苏青同年入学的，她入的是化学工程系，严格又忙碌的一个系，每日每夜地忙着做练习题、忙着做实验，一天之中一刻也不得闲，每天都是开着电灯起床，夜晚点了洋烛归寝。她从不施脂粉，总是素面朝天，被同宿舍的王行远称为"自然之美"。

同室的人，王行远与苏青最为交好，因为年龄相仿，同为十九，又爱好相投，总是有说不完的闲话。王行远修的是教育学，苏青修的是英语，两人趣味相投。她们总是会在晚饭后同到外边闲逛一圈回来，若是看见有旁的男男女女一起，热烈情深、如胶似漆，她们便又妒又愤，说他们肯定是亲戚兄妹。

老旧残破的校园，无数对璧人走走停停。他们神采奕奕，眉目间开出了许多花。欢声笑语荡漾在这醉人的堤边，烦恼忧愁统统抛却身后。乱世里，风流雅致如此难寻，何不趁着这美妙的学子生涯，占尽风流？

南京可游可玩的地方不少，各处都是可以走走的，但是免不了时时碰见熟人。为了避免这尴尬，后来她们就不大各处走动了。这主要是因为她们有一次碰见了北楼的许小姐和与其相好的男生，脱口说了一句"月上柳梢头，人约黄昏后"，结果却被其误解成故意取笑。后来索性没什么紧要的事就不再四处乱窜了，免得瞧见了什么不该瞧的。

美人是无处不在的，一颦一笑都能让行人驻足远目。隔壁小室的周美玉小姐便是这样的一个美人。

周美玉小姐住在苏青房间通道隔壁的小室内，二人也算是偶有交集。周小姐当属西楼女生宿舍中的贵客，因为她的父亲在京城里做官，未婚夫也是在沪的买办，亲朋好友中达官贵人更是不可胜数。这样的一位娇小姐，虽生活在西楼宿舍这样简陋的环境中，礼数、妆容却都未少，每每出行都面厚其粉，唇红似脂，鞋高其根，衣短其袖，伞小似荷叶，发皱如海波，总是引得旁人立而观望，赏其美色。

周美玉小姐身为贵族，自然少不了些做派。有一次，苏青与这位高贵的小姐闲谈时问起了她的年龄。不料，这一问却让她不高兴起来，说什么欧美人不兴问人年龄之类，尤其是对于女子，苏青当属外文系学生，怎么能明知故犯。苏青忙赶着给这位小姐赔罪，说是不知她已入了欧美人的国籍，有违"入国问俗"的古训。

苏青甜言蜜语乱说一通，道歉又十分诚恳，想必自然会得到周小姐的谅解。周美玉小姐说她的实足年龄为二十二岁零十一个月，但若是按照中国习惯的算法，却也足有二十四岁了。不过，对于周美玉小姐来说，我们是该采用欧美算法的。

关于爱情，尚处于懵懵懂懂的年纪的女孩子是充满渴望与憧憬的，她们幻想着童话故事里的爱情。如此娇弱的少女心，任谁都不忍心打碎。

宿舍人之间是会谈起关于爱情的话题的，几个二十岁左右的少女，怀着烂漫的心，躺在昏暗的房间里，细细地想着自己未来的另一半的样子，会是严肃的，强硬的，还是温柔？

每每谈起爱情这个话题的时候，魏懿君总是一言不发，她佯装着在做些什么，比如读点杜诗之类的，但是大家心里都跟明镜似的，知道没有人听得比她更认真。可怜的女子，明明期待着自己的爱情，深知求而不得，却连听听这种渴望都要压抑着自己。

"我常常幻想将来也许会有一个潇洒风流的男子来向我求婚，难道他一开口便说：'你做我的老婆好不好？'抑或如信中所写般：'高贵的女王，让我像负伤的白兔般永远躲在你的宝座下吧！'——假如真有人当面会这样说的话，我疑心自己会从此成了反胃症。"

憧憬是一回事，现实却是另外的故事。大家各自笑谈未来的几年后会嫁与何人，自己又能成为怎样的人。

梅小姐一口咬定自己日后会独身一人，不受外界打扰，因为在她的意识里，结婚是会影响她的事业的。但是仔细想想，一个体育生能有怎样大的事业呢？最多不过在远东运动会上得些奖品，做一个体育教员兼交际花。

魏懿君为女舍监，入天主教。李文仙则如同男儿一般，终日研究阿摩尼亚。苏青呢，大约以后也只能嫁一位穷困潦倒的文人，卧在亭子里读些外文小说。

苏青曾经同王行远讲过："总之，就算是恋爱这个玩意儿吧，虚伪、浅薄、肉麻，只好骗她们这批笨蛋！眼见着没落就在目前，继着狂欢来的是遗弃与堕落！"这时的苏青或许并不是不相信爱情，只是那与李钦后的包办式婚姻让她内心凄凉，才有感而发讲出这般话来。她与李钦后之间似乎是"恋人未满"的状态，倘若不是因为父母之命，他们也许会成为对方在危难时刻鼎力相助的朋友，何至于最后反目成仇。

这些预言，不久后便全都兑现了，虽说是和现实有些出入。苏青结了婚，她的丈夫李钦后既非文人，又不潦倒。次年，苏青便怀了孕，收到学校的退学书，便休了学。魏懿君毕了业就嫁给一位花甲老翁做填房，那人长子的年龄还要大上她十岁。周美玉、梅亦男两人毕业离校以后，各自如之前所料，过上了预期的生活。学校宿舍里只留下王行远、李文仙二人，但是李文仙因用功过度，咯血而死。这一次，宿舍的旧房客里独独剩下王行远一人，她终日对着马桶干着"行自念也"的工作。

这般凄惨悲凉的结局，怕是当时的每个人都没能想到。没想到当日的别离竟是人生最后的一面，只恨时间太匆匆。

往事如烟，相逢即是一种缘。缘尽时，各自离开，你我亦不必伤悲。这世间的事，谁说得清呢？

第四章

举案齐眉 泪无痕

# 第一节　执子之手

"问世间，情为何物，直教生死相许？"爱情是如此变幻莫测，让无数的少男少女丢了心，互许终身。倘若这世间所有的结合都是因为爱情，那便会少了许多碎了心的男男女女。

苏青与李钦后相识在中学时代。那时的他们花期正好，佳人美艳，才子轩昂，课堂上偶尔暗送秋波，久而久之，就互生情愫了。那时他们同班，且座位一前一后，又由于苏青时常麻烦他帮助补习数学，所以接触颇多。后来熟悉了，两人便暗生情愫，对彼此有了微妙的感情。

一弯残月，美人蹙眉，便知是数学题解不出的惆怅。

众所周知，苏青的数学极差，常常抄了她后桌的作业了事——后桌这位正是李钦后。李钦后学习成绩优异，常常帮助苏青完成数学作业和数学考试。

苏青在其作品《小脚金字塔》里描写了"小爱迪生"周姓同学帮助她补习数学的场景，以至于同学们戏称她为"爱迪生太太"。而这一位"小爱迪生"正是李钦后。苏青的作品大都描述了她自身真实的生活，还原了丑陋生活的本来面貌。

以下为节选自《小脚金字塔》中一段有趣的对话。

"还不曾走到凉亭底下，蓦听得亭脚下发出一句轻轻的问话：'你的三角做好了吗？密斯丁。'

"我吓了一大跳。但定睛看时，却又忍不住脸热起来。'还没有呢！'我低下了头回答。

"'明天不是要缴卷吗？'

"'我做不出，'我又惭愧又怀着希望，'你肯给我帮些忙吗？密斯脱——周。'我用力念出这拗口的'周'字。

"于是他便问我哪几个问题做不出，我随口告诉他几个，心里慌得厉害，三十多个做不出的题目只能想出十三五个。我说我要到自修室里去拿书来。他教我快些；他在江边等我。"

苏青的婚姻可以说是她不幸的开始。无知的少女懵懂地步入了婚姻的殿堂。或者换一种说法，冯松雨过世后家庭的困窘对鲍竹青母女二人后来的生活影响甚大——她们亟须逃离这样狼狈的生活。

当时还在读初中的苏青，已经被鲍竹青着手操办婚姻，这是不得已的选择，也是为生活所迫。精挑细选以后，鲍竹青看中了同样在宁波中学读书的李钦后，这个李钦后长相还算英俊，学习成绩也很出色，在与苏青年纪相仿的男生中，算是极为出挑的一位了。但这些并不是最紧要的，鲍竹青看重的是李钦后的家世背景。李钦后家当时是当地的首富，家境殷实，李星如是宁波当地有名的富商。这正好可以解决苏青母子现阶段的燃眉之急。

李星如——李钦后的父亲，他看重的是苏青书香世家的出身。所以，鲍竹青就一直想着借机撮合李钦后和苏青。李星如极喜欢苏青，在未过门之前，见了苏青便"大学生、大学生"地喊她。

1927 年，苏青所在的鄞县县立女子师范学校改办成了中山公学，实行的是男女同校制。那时的李钦后算得上是学校里的风云人物，外貌英俊，才华横溢，很受女孩子们喜欢。

有一次，学校里排演话剧《罗密欧与朱丽叶》，苏青和李钦后两个人将这出悲惨的生死爱情演得撕心裂肺，让人忍不住潸然泪下。

中学毕业之后，李钦后考入了"南京国立中央大学"英语系，两年之后，苏青同样以优异的成绩考入了"南京国立中央大学"英语系。两个人爱情的开始或许并不是让人充满期待的，我们不是当事人，自然无从得知他们的真实感受。或许从某种意义上来说，年少的李钦后的确是爱着这个号称"宁波皇后"的苏青的。

苏青与李钦后之间的情感可以说是从年少时候就滋生出来了，就连张爱玲在描述这段感情的时候都情不自禁地说道："她起初的结婚是一大半家里做主的，两人都是极年轻，一同读书长大，她丈夫几乎是天生在那里，无可选择的，兄弟一样的自己人。"兄弟一样的李钦后成为苏青的丈夫几乎可以说是一开始就定下来的事情。

"众里寻他千百度。蓦然回首，那人却在，灯火阑珊处。"走过万重山，越过荆棘丛，见过炽烈鸟，忽然见你从那陌上缓缓而来，眉间含笑，一颗心，顿时滚烫地无处安放，"怎么一瞧见你，就觉得曾在哪儿见过呢?"

"这个妹妹我曾见过的。"这大约便是"与君初相识，犹如故人归"的真实写照。

终于，苏青与李钦后订了婚。

二姑母终于放下了心，但是依然不肯放松，她天天注意着苏青看的小说。"看恋爱小说会使女孩子们看活了心哟!"她告诉苏青的母亲，"爱贞如今已经是个有夫之妇了，还可以让她心中别有活动吗?"

热热闹闹的校园里，处处都有二姑母的身影。她"擦擦擦"地蹬着地，小脚快速地挪动着。二姑母在到处查看是否有不守纪律的男女，他们是否走得过近。她一直觉得防范青年男女越矩的最妥善的方法，就是让他们赶紧结婚了事。苏青与李钦后结婚时，二姑母给他们绣了许多枕头花；等到他们有了孩子后，二姑母又忙着给孩子绣老虎头鞋了。

苏青在《小脚金字塔》中回忆，二姑母一直在宁波中学当女训官员，许久不见，从照片上看来，她的身体已经消瘦了许多，臀部也不再像金字塔底了。

李钦后害怕这个美貌与才情并存的妻子在结婚前对别人生出情愫，想着干脆早些结婚让苏青只爱自己一人。可是，还想着过自由生活的苏青死活不同意在大学期间成婚，她散漫惯了，就如一只永不停歇的鸟，怎肯为一株梧桐收了翅膀，但是她没能拗过母亲鲍竹青苦口婆心的劝说，终于还是同意了，草草地嫁给了李钦后，把自己的一生托付给他人。

他们结婚的事情是登了报纸的。

结婚当日，天还蒙蒙亮着，屋子里却早已经挤满了乌压压的人。她们都是等着看新娘子起床梳妆打扮的。

按照宁波当地的风俗习惯，嫁闺女是要坐花轿的。这"坐花轿"意味着明媒正娶。只有原配夫人才有这个待遇，且每个女子一生只能坐一次。

关于"坐花轿"还流传着这样一个故事。据说很久以前，康王乘泥马渡江以后，就逃到了宁波。金兀术即将追上他时，康王向江边的一个姑娘求救，那姑娘便把康王藏了起来。金兀术前来问询之时，姑娘说康王已往前方逃去了。由此救了康王一命。

后来康王即位，即宋高宗，便想着报答这位姑娘，奈何苦苦寻而不得。于是高宗降旨，凡是宁波的姑娘出嫁，均得乘坐花轿子。这轿子据说仿造御轿形式而造，周围雕着许多凤凰，轿前一排彩灯，花花绿绿的，看着十分喜庆。

按照祖辈上传下来的规矩，这花轿只有处女出嫁之时方可乘坐，若是寡妇再嫁，是绝不许坐花轿的，只能乘坐一般的彩轿——在普通轿子上扎些彩。若是有姑娘婚前不贞，冒充处女坐了花轿，轿神是要降灾的，到停轿时，那位姑娘就会气绝身亡。

鲍竹青当然相信女儿是贞洁的，所以结婚时的花轿是一定要坐的。可是苏青心里却颇为难，因为乘着花轿去教堂里成亲似乎有点不伦不类。但是她又不能拒绝，原因之一是羞羞答答地难于启齿，二是倘若不乘坐花轿，母亲会起疑心。

婚礼是隆重的。这段回忆在苏青的《结婚十年》里作为开篇进入了大家的眼帘。或许当时苏青也十分憧憬这样隆重庄严的时刻，红盖头，大花轿，以及教堂和教父，这些在当时让多少人羡慕啊！又有多少人将美好的祝福送给了这对夫妇，但是花好未必月圆，悲情故事开始之前，总要有段美好的回忆让之后的自己慢慢品味，这是上天最喜欢玩的把戏。

因为报纸上早已刊登了二人结婚的消息，所以苏青出嫁那日，天还没亮，房间内外便挤满了乌压压的人。苏青憋在房间内，望着厅内人头攒动，内心不禁一阵烦闷。小孩子又调皮得紧，趴着窗户想要瞧瞧新娘子什么模样。花轿没来之前，新娘子是万万不能起身的，否则会被别人笑话。可是偏偏这个时候，苏青大小便急得要命，忍得难受极了。

小孩子在窗户外吵闹着："妈呀！花花轿子来啦！我要去，团团要去看呀！"说着就跑过去了。

他们的妈妈在后头紧紧地拦着他们，免得冲了轿神，那可不是闹着玩的。

可算是盼来了花轿子，这下总算可以上厕所了吧，可是房间内人头攒动，来围观的人久久不肯离去，只等着看新娘子打扮。这会儿要是猴急地蹿下床去，那还了得，岂不是被人笑话？

可是人有三急，必须得解决。

"我急得流下泪来。泪珠滚到枕上，渗入木棉做的枕芯里，立刻便给吸收干了，我忽然得了个下流主意，于是轻轻地翻过身来，跪在床上，扯开枕套，偷偷地小便起来。小便后把湿枕头推过一旁，自己重又睡下，用力伸个懒腰，真有说不出的快活。"

如此野蛮的女子实在少见，可是这样古灵精怪的女子却又偏偏让人讨厌不起来。说不出哪里好，只是喜欢得紧。

新娘子在众人的催促下起床打扮。二姑母说白色不吉利，便照旧把那白的裙子、头纱全改换成了淡红色，就连同手上的捧花都换成了绸缎扎成的，因为二姑母说鲜花易凋零，不吉利。二姑母对这次婚礼的摆设十分满意，因为这全是她一手设计的。"吉利第一，好看第二。"这是二姑母置办婚礼遵循的准则。

按照宁波地区新娘出嫁的传统，新娘子须由长兄抱着上花轿。苏青没有长兄，所以由弟弟抱着上了花轿，坐定后屁股不可随意挪动。四个轿夫抬着轿子，苏青就窝在那又热又闷的轿内，正愤愤不平间，轿子就停在了青年会礼堂处。

苏青好不容易一步一步地走到了礼堂中间，新郎却不见了踪影。原来，新郎按照传统躲了起来，表示不愿意成婚，要等着人家把他硬拖出来，才无可奈何地成礼。

这一细节让苏青十分失落。她的新郎不是按照西式的礼仪在礼堂先她一步而来，等着他的新娘子，而是按照那荒唐的旧式礼仪躲了起来，把她一个人孤零零地扔在一处陌生的人群中。

婚礼仪式十分烦琐。新娘新郎在礼堂上鞠了躬、拜了堂之后，在结婚证书上盖了章，证婚人、介绍人也都盖了章，从此，两人即为合法夫妻。

"半天的站立，鞠躬，跪拜，把我的腿脚都弄酸了，半新不旧的婚礼真累死人。我的房间在哪里？我的新郎又在哪里呢？"

原说爱情与婚姻都该有长留心间的芬芳，可是这一幕幕恼人的场景，那一句句美好的誓言，难道不是在诓骗不谙世事的少女么？乍见之欢的婚姻终是不长久的。今日喜结连理，共入婚姻殿堂，不过是梦里的一场江湖。就着月光下酒，良人独醉。

今宵多梦寒，青梅煮酒，一壶独饮到天明。

## 第二节　寸草寸心

　　从昨天走过的女子，何曾不想辉煌璀璨地度过美丽的一生，永远留在这山河天地的瑰丽之间。谁人不曾想如苏小小一般在最美的年纪昙花一现，将美好刹那绽放。

　　　　妾本钱塘江上住。花落花开，不管流年度。燕子衔将春色去，纱窗几阵黄梅雨。
　　　　斜插犀梳云半吐。檀板轻敲，唱彻黄金缕。望断行云无觅处，梦回明月生南浦。

　　　　　　　　　　　　——司马槱《黄金缕·妾本钱塘江上住》

　　这该是一个女子一生最美好的颂歌。竹林游荡，梅妻鹤子，吟游天地，然后在最美的年华绝尘而去，留给世间的男子一个遥远的念想。

　　在民国时期，尽管政府大力提倡男女平等，可上流社会出身的人士依然认为男子有为家庭传宗接代的任务，无子即为不孝。妻子和丈夫之间的关系再好，要是生不出儿子来，也是要遭到嫌弃的。严重的还要主动劝说丈夫纳妾，为家族添后代，最后自己还要落下一个"不妒"的美名，看着丈夫跟别的女人同床共枕，自己却只能在无数个深夜里抱着被子蒙头痛哭。

苏青的第一个孩子落地，是个女娃。公婆虽不曾刻意刻薄对待她，却也不曾见有笑脸。毕竟两个人还年轻，以后的路还很长，孩子什么的还会再添上几个，也不急于这一时半会儿。

苏青在《生男与育女》一文中这样写道：

"身为赔钱货而居然又产小赔钱货，其罪在不赦也明矣！阵痛，腹压，九死一生，产时痛苦不能稍减，而当场开彩，一个哑爆竹！天乎？命乎？又怨谁？目光迟钝地凝视着众人的脸，一个个勉强的笑容掩不住失望的神情。

"'好吧，先开花，后结子！'

"'明年定生小弟弟！'

"'先产姑娘倒可安心养大，女的总贱一些。'

"'好清秀的娃娃，大来抱弟弟。'

"'大小平安。我们明年待你生儿子时再来吃你的红蛋。哈，哈，哈……'邻居张四嫂、汪大婶子等挤挤眼一窝蜂去了。室中只余下产妇的惨笑面容、婆婆的铁青脸色、仆妇的无聊神情及婴儿的呱呱哭声。"

苏青因为养了一个女孩子，家里的人都极不欢喜，处处拿话刺她，挤对她，尤其是小姑子，似乎最大的乐事就是嘲讽苏青没本事——生了个女儿。因为这许多，苏青变得不大爱讲话，常常自己一个人闷在房间里，逗逗孩子，看看闲书。

苏青第一胎生了个女儿，自然是惹尽婆家的厌烦，甚至于婆婆为了让苏青能够早些生下儿子，不许她自己给孩子喂奶，这就使得日后孩子与苏青不亲近。苏青后来为此后悔不迭、难过不已。这种母女分离的日子让苏青坚信，她只是一个生儿子的工具。苏青产后刚一周，丈夫就去了学堂，抛下了她。产后的日子是艰难又困苦的，没人能够理解她的凄楚与孤独，就连她最亲密的人——她的丈夫都不能理解，那可是同她一起生下孩子的那个人。

这与苏青产前婆婆一家人对她的态度相比，简直大相径庭。

苏青初怀孕之时，公公婆婆自然都喜上眉梢，公公甚至给这个还未出世的孩子起好了名字——承德。婆婆则是万分确信苏青的肚子里一定孕育着一个男婴，因为瞧着她的肚子完全凸出在前面，头是尖的，腰围没有粗，身子从后面看起来一点也不像孕妇。

所谓乐极生悲，正是这个道理。万万没想到生下来的孩子竟然是个女儿。女儿自然不必叫承德，随她叫什么好了，无关紧要的。

到了孩子弥月的时候，李家人为了打点苏青的娘家人，只是象征性地摆了三桌酒，场面也极为冷清。来宾也都知道生的是个女儿，自然全是懒洋洋的，热闹不起来。

只有苏青的母亲，作为孩子的外婆，她是真真切切地关心着女儿，关怀着小外孙女，给这个小小的孩子送来了一大堆的"满月担"：僧顿小袄一百二十件，棉的，夹的，单的，滚领的颜色也不与衣服尽同。衣服上绣了花纹，各种颜色的，莲红的、橘黄的、湖蓝的、葱白的绸子上织着各种各样花纹，有柳浪，有蛛网，有碎花，有动物，有简单图案，瞧得人眼花缭乱。各式各样的精致的小衣服、小背心、小大衣、绒线衫、披肩、舞衣，大大小小，形形色色，共计三百六十件之多。除却衣裳，便是鞋袜，有各种大小花样都不相同的袜子；还有虎头鞋、船鞋、象鞋、猪鞋、兔鞋、狮子头鞋，各类婴儿小鞋子各式各样，花花绿绿的，十分惹人喜爱。

这些惹人喜爱的小玩意儿，不用多想，必是二姑母亲自做的。她的手巧，又爱给女孩子打扮。

除了穿着之外，还有一些吃的东西。准备祭祀用的，宁波当地有"长命锁富贵"之说，"长"就是长寿面；"富"就是面筋，宁波人也称作烤麸；"贵"就是桂圆；"命"则是用一堆雪白的洋糖来代表。这四样东西都用大朱红圆盘装起来，上插绒花及福、禄、寿三星像等。这丰厚的"满月担"也送来了外婆对外孙女的深深祝愿。母亲如此隆重地着手准备自己的小外孙女的"满月担"，无非是要给女儿挣回一点脸面，免得让她在婆家抬不起头来。

这世间，父母爱子女的心大致相同，唯恐子女受苦受累，受人冷落。但是婆媳之间的关系本来就很微妙，若理得不好，这个家就乱成一团了。

苏青的第一个女儿取名为薇薇，长得十分惹人怜爱。漆黑的瞳孔，圆而大的眼睛，长得紧密密的睫毛，笑起来一闪一闪的，像耀眼的星星。小的时候百般惹人嫌弃的婴孩，大了便讨喜起来。作为母亲，苏青闲着的时候，总是愿意打扮这个洋娃娃一样可爱的孩子，偶尔剪些花花绿绿的小兔子、小猪之类的贴在她圆圆的小脸上。

薇薇固然是可爱的，但是同苏青却并不亲近，因为孩子并不是苏青一手养大的，而是由黄妈一手喂养大的，一会儿见不着黄妈，就会哭闹起来。婴儿时期的薇薇，每每被苏青抱着的时候，便两手乱推，不肯让她抱。每当这个时候，苏青的内心都是十分空落的，她感到深深的无助与悲戚。

在这样的环境下，苏青慢慢开始衍生出烦闷的心绪，她想回娘家，想念母亲，渴望与她同住。于是她就给母亲写了封信，希望她能够差人来接她。母亲第二日便差了一个能说会道的女佣林妈过来了，说是端午节要到了，希望接苏青回家过夏。

公公与婆婆商议过此事后，便忙着准备苏青回娘家的物品，十分谨慎。每一只粽子都挑最好的，有尖翘翘角的。苏青在婆家住得并不舒坦，虽然婆家人待她并不坏，但是与婆家人本就不能厮熟，谈何愉悦？嫁出去的女儿泼出去的水，现如今，回一趟娘家都十分不易。因为那时出嫁的女子想要回一趟娘家，要么是娘家派人来接，要么是夫家派人去送，而且去回时都要带果包吃食之类以赠送亲朋好友。

苏青本就是厌恶繁文缛节之人，她讨厌那么多的规矩。每回一趟家都如此艰辛、如此麻烦，何况每次回去短短数日，母亲总是在忙里忙外，忙着准备糕点果蔬，根本没有闲暇的时间与苏青好好谈谈，坐下来聊聊家长里短。母亲总是怕隔墙有耳，怕与苏青说的话传进奶妈的耳朵里去，她会回去说嘴的。

在寂寞的夜里，在寂寞的床上，此时的家仿佛成了陌生而又熟悉的地方，此时的母亲也是如此客气地同苏青寒暄着。一夜过去后，奶妈便带着薇薇回去了。母亲买了许多吃食让她们带回去，又给了外孙女拜见钱，给了奶妈陪包之类。

她们回去后，母亲才与苏青攀谈起来，且安慰她，只要公婆不坏，日子虽然过得拘谨些，也总是容易熬过去的。小姑子虽然现在与她不和，但是早晚是要嫁人的，现在且放宽心，不必与她争执。

母亲知道苏青不能够久住，自然是万分珍惜女儿归家的日子，忙着准备各式各样的小菜，让她下肚。可怜母亲没有丈夫，苏青这次归宁定是花去了母亲许多钱，她卖掉了多少谷子才换来女儿归家的安心呢？

苏青归宁数日之后，婆家便派人来通知，归期已到，要接苏青回去同丈夫团圆去了。毕竟嫁出去的女儿泼出去的水，苏青内心纵然有万般不舍，又能奈何？

临行前的一天，母亲忽然发觉苏青的红玫瑰宝石戒指不见了，追问下去。苏青只得支支吾吾地掩饰过去，说是去朋友家的路上弄丢了。殊不知，此次归宁苏青并没有多少钱款，可是所有佣人都要打赏，十个大洋全花掉了。可是此次归来，她也想尽一点孝心，给母亲买些东西，省着自己回夫家后，别人在背后戳母亲的脊梁骨，说是女儿不孝顺，归家都没有给母亲尽半点孝心。所以，万般无奈之下，苏青便去当掉了那只红玫瑰宝石戒指。

母亲深为惋惜，却依旧只是叹息着说："这也怪不得你，才只二十岁呢，终究是一个孩子……"

第二日婆婆派人来接苏青时，母亲已备好许多糕饼水果之类的，嘱咐林妈将这些东西堆到车上去，看上去比苏青归宁时带回来的东西还要多。

原文中关于这一段的描写十分感人，得了赏钱的林妈与自己的母亲形成了鲜明的对比，让苏青的心针扎般地疼痛起来，也让她下了决心日后要少回家几次，以免母亲如此操劳。

"林妈拎着这些东西先堆到车上去了，母亲拉我在后房面对面站定，眼中噙着泪，但却不肯去揩，恐怕给我注意到了。其实揩也揩不尽的，她的泪也许满肚皮都是，一直往上涌，连喉咙都塞住了，只使劲拉起我的手把一块硬的凉东西按在我掌中，一面呜咽道：'有一对……这只是……是我预备归西时戴……戴了去的……'我不忍再睹，她又把我推出去了，我只紧紧捏住那东西。上车的时候，我给了林妈十块钱，林妈笑得合不拢嘴来，想绷脸装出惜别之状，却是不能够；我母亲则是只想装出坦然很放心的样子，别的倒还像，就是眼泪撑不住纷纷堕下来。我也想哭，但不知怎的却哭不出，贤明天就要回家了。直到车子去远后想到自己手中还提着块硬的——但是已经不凉了的东西，才定睛看时，原来却是只与先前一模一样的，我母亲本来预备她自己戴着入殓用的红玫瑰宝石戒，我的泪淌下来了。"

母亲的臂弯永远是子女的避风港，是生命的驿站，是灵魂的栖息地；母爱永远是子女一生难以偿还的情债。苍茫远目，汀州天涯。

## 第三节　荒野无涯

　　女人固然是脆弱的，母亲却是坚强的。为人母者都是爱着自己怀胎十月的骨肉的，无论男女。所谓"女人本弱，为母则刚"正是这个道理。

　　苏青是一个女人，但她也是一个母亲。苏青生产时是十分痛苦的，养育孩子对她来说也是一段不堪回首的经历，她在其中经受磨难，最后撑不住的时候，还要喊一句"救救孩子"，可见其痛苦而又绝望的心。

　　她自己曾在书中写道："我生平做过的错事该是很多，但却没有一件值得忏悔者；有之，则唯有这件人家看来并不错，而我自己却认为千不应该万不应该的，便是我不该盲目地生了这许多孩子。"

　　这一生做过许多的错事，苏青都决不忏悔，唯有生孩子这一件事情于她来说是一种苦难，是千不该万不该的。可是孩子已经生下来了，又没什么办法，只得养着。

　　对于一位母亲来说，没什么比看着自己的孩子活在乱世里忍饥受冻更心酸的了。"存者且偷生，死者长已矣！"

苏青与丈夫李钦后一生共孕育五个子女。二十一岁到二十九岁八年的岁月，一个女子最美好的时光全都用来生儿育女了，这该是一件多么可悲的事情。

连苏青自己都在《生男与育女》中写道："一女二女尚可勉强，三女四女就够惹厌，倘其数量更在'四'以上，则为母者苦矣！"

甚至还有人专门写了"嘲女诗"："去岁相招云弄瓦，今年弄瓦又相招。弄来弄去都是瓦，令正原来是瓦窑。"

苏青可谓是"为母者苦矣"的代表，她接连生下了四个女儿，直到二十九岁，独子才出世。

苏青生下二女之后，不幸就降临了。没过多久，她又养了第三个女儿，这个孩子来得实在太不是时候了。那会儿正值民国二十六年阴历七月初七，战争已起，炮声隆隆，大半个中国一片焦土，逃难流亡的人四处奔走，饿殍遍野，一点吃的东西都没有。

在产房里，苏青忽而又得了一个惊天的消息，她的丈夫挤上了轰隆隆的列车，离她远去了。"夫妻本是同林鸟，大难临头各自飞。"

《产房惊变》里关于这场战争有着详细的描写："看护们慌张地嚷着满屋跑，我也惊醒明白过来了，有一个邻床年轻的产妇锐声哭，说是不好了，开炮了，兵队马上就要到。又有人嚷着屋顶快悬外国旗呀，省得飞机投弹，于是又有一个产妇光着下身爬到床下躲避去，我的心如丢在黑的迷茫的大海中，永沉下去倒反而静静的，贤不能再来看我了吧？大难临头，夫妻便永别了！各自飞散了！"

抱着刚出生没多久的孩子，苏青挤上了难民船，准备逃回故乡。

破旧的难民船塞满了行李和一群老弱病残。那难民船又挤又脏，让人透不过气来。可是苏青挣扎着在难民船里挤出一丁点儿位置。纵然炮火已经轰到了海面上，火光映红了半边天，那也无关紧要，她还是要努力活着，犹如一棵被踩得稀烂的草，坚韧地守着自己的孩子。

时光总是一晃而过，犹如镜花水月，这些深深折磨你的过往，再见时，已被写在了书页上，被翻成泛黄的故事。白云苍狗，刻在岁月彼岸的旧事，再回首，已被风沙埋葬。

在烈日下受着罪，在船上挨着饿，苏青终于回了家乡，把孩子也带了回来。可是这孩子依然不受公婆待见，家里人也都很嫌弃她们。一个老妈子献计，将这个刚出生不久的小可怜送去乡下的一户人家寄养着。

那乡下人家怎么会好好带孩子呢，只会让她在那肮脏的角落里随便地活着。这个孩子到了三岁依然不会讲话，站也站不稳：她害的是童子病。孩子就被那么扔着养，吃些烂山芋，苏青家里人派送来的衣裤也轮不着她穿，那童妈全给自己的孩子穿了。有时候孩子撒尿哭闹惹烦了童妈，就顺手给她一个耳刮子，因为打屁股实在是麻烦。

最后，这个孩子终究还是死了，苏青的婆婆给了童妈一笔葬费，让她买了个棺材安葬了孩子。这笔钱当然是用不上的，乡下人埋孩子都是用白布随便一裹，然后扔到荒郊野外就算了事了。没人管，没人照料，怎么还会给她买个棺材埋了呢？

这是苏青最不幸的一个孩子，以至于后来她再提及的时候，依然会痛心疾首地喊出"救救孩子"这样的话来。

在第三个孩子死去的时候，苏青又生育了第四个孩子。这个小婴儿大约是最幸福的一个孩子了，虽然依然是个女儿。那时，苏青、李钦后夫妇的生活刚刚安定下来，李钦后也找了些事情做，生活还算宽裕。夫妻两人尽心尽力地养护着这个孩子，努力尽到为人父母的责任，也许内心深处，他们想通过爱这个小女儿来弥补内心的失女之痛。

第五个孩子出世的时候，苏青、李钦后夫妻两人的关系已经完全决裂了。这个孩子是个男孩子。这时候的苏青生活得很苦，完全靠稿费支撑着自己的生活。最后实在熬不住了，苏青就毅然决然地收拾好衣物准备离开家。

此时，苏青结婚已十年，生活的重压早已让她遍体鳞伤，与丈夫的情感也都消失殆尽。爱情全无，亲情破灭，唯一让她留恋的就是家中的孩子。一个母亲，是无论如何都不会抛弃自己的孩子的。

她依然爱着孩子们，但却不能与他们相见了，这种感觉实在是太过痛苦。她说是要和孩子们一同去看戏，最后却在戏的半场退了出来。她自己清楚地知道，不能够再伤孩子们的心了，要走，必须即刻就离开，否则再走就困难了。

离婚，对于旧时代的女人来说，几乎是毁灭性的打击，几乎没有人赞成这样的决定，隐忍似乎是女人最后的选择。可是对苏青来说，还有什么比没了尊严更为痛苦的。可就算是她坚贞如铁，这样的打击也将她重重地击倒，她切切实实地体味到了人情冷暖。

　　她是孤独的，她不知该与谁诉说，所以她只能默默地承受着，之前尚且还能受得住，到后来便不得不发泄一番。所以，她提起了笔，写下自己艰难的一生，也是寂寞而孤独的一生。

# 第四节　翁姑寡和

时光莞尔一笑，春花秋树尽然凋零，老城街道早已物是人非。当初那个娇滴滴的带着墨香的少女已然成了人妻，恪尽孝道。努力在孤寂干涸的陌路之上开一两枚黯然的花朵，只等那烈日酷暑将她欺凌。

苏青成了别人的儿媳妇，无论曾经怎样娇生惯养，嫁了人，这些过往的脾性就得全数收敛起来，还要看别人的脸色，唯恐讨好得不得力遭人厌恶，背后被戳脊梁骨。

每日的早茶必不可少，给公婆奉早茶着实是一件很麻烦的事。公婆清晨六点钟起床，等他们洗完脸后，作为儿媳妇的苏青须得赶快捧着两杯刚泡好的早茶奉上，以尽孝道。

这事实在麻烦，因为如此一来，苏青就须在公公婆婆起床前半个小时就早早收拾好。梳洗完毕后，苏青就穿戴得整整齐齐，用一只椭圆的银制茶盘将黄妈早已冲好的茶端过去，好到公婆跟前去奉茶。

公婆的茶都盛在两只有盖的细瓷茶碗内，燕子花纹；另外一只无盖无花的绿玉盏，是专门泡茶给小姑子喝的。小姑子起得迟，有时候苏青已经在吃早点了，小姑子才姗姗来迟，乏着眼来到饭桌上。见此，苏青不得不赶忙放下碗筷，给她递茶去。但是这小姑子向来喜欢针对苏青，总是与她过不去。瞥见苏青前来递茶了，便拿起隔夜剩茶汁喝得呼呼有声，挤嘴狞笑道："嫂子不敢当，我的茶已经有了，你快去吃完了饭抱女儿吧。"

这个小姑子不过是在给苏青个下马威，顺便讥笑她一下，嘲讽她没用，只生了个女儿出来。此心险恶，女人何苦为难女人呢？

面对这般羞辱，苏青自然也不甘示弱，决不肯让她爬到自己的头上来。她一声不响地把绿玉盏重重地放在小姑子面前，"啪"的一响，沸水四溢了。

做媳妇不仅要侍奉好公婆，还需有点持家的本领，以讨公婆的欢心。要想在短时间内展示自己作为一个合格的媳妇的本领，必得下厨做菜。苏青入厨虽是常事，但却不是去做吃食，而是去催饭的。洗手做羹汤的生活她还从来没有染及过。

六岁到十岁，苏青是走读的，那时年纪还小，自然不用做菜肴，只是洗洗手分分碗筷罢了。初中时的苏青入厨房也仅仅是去闹事的。高中时乃为君子远庖厨，哪里顾得上什么膳食呢。到了大学时，便常在校门口的小吃店吃饭填肚，学生太多，饭店供不应求。每每这时，学生们都会围着厨子，在他身后围观，以讨得饭菜。女生们在厨子身后围成一圈，厨子自然是炒菜炒得更卖力了。

苏青在这个时候学会了一道菜，那便是炒鸡蛋。做了媳妇以后，必然要首先卖弄这一本领。炒好了以后，她先给小姑子尝，见她没说什么，又拿给公婆尝，说是咸得要命。出现这种情况的原因就是搅蛋时盐没有搅匀。这之后，下厨做菜便没什么可卖弄的了。

紧接着，苏青要开始卖弄女红了。她给公婆两人各织了件羊绒衫，只是大小长短不太合身。因为公婆不比父母，不可能时时刻刻地麻烦他们试样子。公婆穿了倒也没说什么，只是小姑子挑剔得很。就这样，女红也失败了。

公婆大约是看出了苏青不会持家事，便不再叫她做这些家务事了，而是让她做些独属于文化人的事——让她代为写信。

"先是，婆婆叫我代写封信。她说：'你公公年纪大了，写起字来手发抖，听说你字眼很好，就是你给我代写封吧。'我当然唯唯答应，心中暗喜，但回头瞥见小姑满脸嫉妒的脸色，一团高兴便又化为乌有了。婆婆说：'你就这样写吧：云官到梅里溪去时搭荣生烂眼讲声，说上年还有二百多元便田价没拿来。'"

苏青虽听不懂，也不敢打断婆婆的话，只能等着她讲完再问。婆婆好不容易讲完了，她便赶紧问，这信究竟是写给谁的？这位云官究竟是谁？可一瞧见婆婆的脸色，苏青便知不好了。果然受到了小姑子的冷眼嘲讽，"嫂子直喊舅舅名字，恐怕有些不大应该吧！"苏青赶忙俯首认罪，认了罪后，问题又来了，"梅里溪"三字如何写？"荣生烂眼"是为何物？"便田价"又是什么东西？这种专业名词写错了是会让人笑话的，所以苏青只得一而再，再而三地询问婆婆，但是婆婆不认字，又哪里晓得是何写法，于是写信这件事也只得暂且搁下了。

公公偶尔让她算算账本，奈何苏青的数学是极差极差的，每次考试都是李钦后帮忙混过去的，如今要她算账，自然是一个也算不通，常常弄错了，少进了许多账。终于，公公不让她帮忙算账了，但是他并未因为这个缘由就轻看了苏青的学问。

做一个好媳妇实在是难得很。讨得父母欢心还是比较容易的，而想让公公与婆婆高兴则实在是难办，要吃力许多。要紧的是面上要时时刻刻毕恭毕敬，免得让公公婆婆心里不舒坦，那样就容易失言寡合，造成鸡蛋里挑骨头的后果。

关于做媳妇，苏青总结了几点经验：

"一、待公婆顶要紧的是'礼'，礼数不错，他们就是心里并不欢喜你，面子上也不得不还你以礼。换句话说，尊敬公婆便是尊敬自己。

"二、小姑小叔辈能联络更好，否则也当竭力忍耐，避免正面冲突，只是淡然不大去理会他们，公婆也不能怪你什么。

"三、不多讲话，这是好媳妇必具的条件。因为态度不好责备起来尚难，而一句话说错了，便授人以把柄。

"四、处处表示你是好出身的人，千万不要说出娘家、娘家亲戚以及自身的短处来，那些除非瞒不住，久之给他们自己得知了，没有办法。而且，你千万不能说出娘家或娘家亲戚与你有不和的事。

"五、待夫家的亲戚要特别客气、恭敬。

"六、不要在公婆跟前表示同丈夫亲热过分的样子，也不要表示待儿女爱惜过分的样子。

"七、时时要暗示他们自己能够做孝顺媳妇，也能在必要时中止孝顺，假如他们真个不识抬举的话。"

孤独寂寞的已婚少妇，女儿被人占着，由黄妈全权负责。每当她想说点什么，譬如今天没风，给孩子穿三件棉袄是不是太热了点，黄妈便会抬出婆婆的话来压制她，说是太太关照过的，孩子娇嫩，冻病了可不是闹着玩的。久而久之，苏青便不肯多说什么了。她的心里也越来越清楚地意识到，自己读再多的书在婆家人眼里也是无用，她的作用不过是给李家添丁，让李家香火旺盛。她似乎就是个生孩子的工具，没有什么旁的多余的作用了。这可以说是一个女人的耻辱。

丈夫不在自己身边，女儿也不能由自己来照顾，家里的日子不好过，万般无趣的苏青情急之下，为了填补生活的空虚，给自己找了份差事。

苏青想在学校里教书，于是就找了个亲戚帮忙。亲戚写了张名片让苏青拿着去找教育局的局长。

苏青顺着路去寻那教育局，去之前本以为会极气派，没想到只有矮矮的几间平房，墙上蓝底白字刷出几句怪俗气的标语，门口挂着一块长方形的木牌子，木板脏得很，与黑字混在一起，但总归还可以瞧得出是教育局。

见了面以后，苏青更是大失所望，原来花局长不过是一个拱背小伙子，穿着一身中山装，神情实在是猥琐得很。

花局长把苏青介绍到培才小学，校长姓孙，人生得顶漂亮的。与公婆打过招呼后，苏青便在这小学里开始了自己教书育人的职业生涯。

小姑子在背地里说："别人家大学读出来的总是教中学，只有她只配管管小猢狲。"

随她说去好了，不与傻瓜论长短。总算逃离了这个尖嘴猴腮的小姑子，苏青也犯不着在家里继续受她的气了。

苏青穿着紫红的薄丝棉袍子，小袖口，硬绷绷的高领头托起她清瘦的脸，外边披了件纯黑呢、花皮翻领、窄腰大下摆的长大衣，配着高跟鞋。她在穿衣镜前打量一番，暗自喟叹自己实在不像小学教员。奈何，也只能感叹自己红颜薄命外加怀才不遇了。

"望着天，我其实也没有什么想头，飞又飞不上去。住在地球上，活在人世间，我似乎并没有十分合适的去处。也许世界是狭隘的，挤得紧，恨不得挤出我才可以甘休——这个世界上恰恰就像是多了我一个人似的，譬如说吧，贤与瑞仙本来相处得正好，我来了，便成为多余。公婆、杏英等同住在一块也该是很安静的吧，有了我，就有人不肯放松。薇薇有奶妈抚养着，有她的祖父祖母照顾着，也是用不到我的；甚至于其民吧，他爱读书，爱工作，假如再爱了我，也就增加麻烦了。"

终于，公婆听信小姑子的谗言，说是男女同教书，难免生出情感，男女混杂怎么都是不好的。于是，苏青在教了三余月书之后，便又重新做回了家庭主妇。

乱世姻缘，不过是无涯荒野的一场凉梦。年岁总是这般旁若无人，将你丢进深渊，困在薄凉的人世间，碧海蓝天从此与你再无瓜葛，只等着光阴将你折磨蹉跎成一个佝偻的老者，垂垂老矣。

# 第五节　镜花水月

　　得到与失去，都该有拈花一笑的释然。"死生契阔，与子成说"不过是一个遥远的清瘦的梦，如今它已带着十年的光阴缓缓飘远。

　　现实给了你一记耳光，苦痛之余，多是绝望，其后又幡然醒悟。喝醉在尘缘的劫数之中，梦醒于凄风苦雨的夜里。岁月结了茧子，额头爬满了皱痕，才惊觉梨花似雪、媚眼如丝的青葱年岁携着你的青春走远了。

　　苏青与李钦后的关系忽远忽近。虽是兄弟一样的自己人，但他们中间似乎还隔着许多许多的人、许多许多的事，而这些终于彻底隔开了他们。

　　婚礼那天，苏青就瞧见了一个少妇——穿着一双银色高跟皮鞋、一身银色长旗袍，面容妖媚，脸孔苍白，嘴唇涂得如红菱般。苏青那时就好似心口堵了一口气，虽不知此人是谁，可是瞧见她与自己的丈夫如此亲昵，瞧见她娇羞的面容，胸口就似塞了一团棉花一般气闷。这个人不但肆意地评价苏青的嫁妆，甚至还嫌弃苏青的身高。因为苏青生得矮小，所以她就鄙夷地同李钦后的妹妹、苏青日后的小姑子说道："新娘子面孔虽还不难看，不过身材太矮啦！不好，同你哥哥一些勿相配。"

如此讥讽的话当着新娘子的面说出来，实在不妥，可以得知此人嫉妒心强且没有什么素养。

说这话的人正是李钦后的表嫂瑞仙，她嫁到卢家，给李钦后的外婆做长孙媳妇，但是还不到两年，她的丈夫就得了痨疾死了。婚后，苏青得了伤风卧病在床的几天里，自己的丈夫就同这瑞仙一块儿在屋外合唱《风流寡妇》。

婚后没有几天，苏青便又重新回到南京读书去了，在校期间，她遇着了自己的盖世英雄。这个男生总是穿一身灰呢袍子、一双黑皮鞋，戴着一副白达近视眼镜，态度和蔼、举止儒雅。他虽然没有自己的丈夫李钦后生得漂亮，但是人却比他稳重大方许多。

他叫应其民，他是爱着苏青的，可是却又因为苏青怀了孕，两人最终不得不分开。别离前，他请苏青吃樱桃。他取出篮子里最后一枝樱桃——那是三颗红溜溜的惹人怜爱的小樱桃，上面两颗大小差不多，另外一颗生得极小，应其民把这颗小樱桃摘去，对苏青说道："我好比这颗多余的樱桃，应该搞去。现在这里只剩下两颗了——一颗是你，一颗是你的他。"

遇见你我变得很低很低，一直低到尘埃里，但我的心是欢喜的，并且在那里开出一朵花来——这大约就是应其民对苏青的爱情写照。他是深爱她的，但倘若她有比这更好的选择，他定然会放手离去。

张爱玲曾经这样写苏青与李钦后的婚姻："即使在她的写作里，她也没有过人的理性。她的理性不过是常识——虽然常识也正是难得的东西。她与她丈夫之间，起初或者有负气，到得离婚的一步，却是心平气和，把事情看得非常明白简单。她丈夫并不坏，不过就是个少爷。如果能够一辈子在家里做少爷、少奶奶，他们的关系是可以维持下去的。然而背后的社会制度的崩坏，暴露了他的不负责。他不能养家，他的自尊心又限制了她职业上的发展。而苏青的脾气又是这样，即使委曲求全也弄不好的了，只有分开。"

他们也不是没有为他们共同的小家庭努力过，可是苦苦挣扎却不得安宁，最后两败俱伤，只好放弃。

小两口在公公与婆婆的撮合下，去了上海，组织起一个小家庭。公公婆婆是热心的，想着一来两人在上海相偎相依，苏青定能照顾好自己的儿子；二来远离了家庭的喧闹，夫妻俩的感情肯定会日增月进，说不定自己也能抱上白白胖胖的孙子。

离开家之前，苏青曾经提醒过李钦后："你到了上海可不要抛弃我呀！"李钦后听完只凝视着苏青，却并不作声，那时的他想用坚定的目光来阻挡苏青的胡思乱想，告诉她自己是忠心的，绝不会始乱终弃。

但是苏青心里怎么能不害怕呢，同自己的丈夫去往上海那遥远的城市，抛下自己的亲生女儿，抛下自己的母亲，抛下自己已经拥有的一切，连同对故乡的亲切感。那时的天空惨白，世界仿佛都失了色，苏青一个人孤零零地漂泊在大海上，跟着一个生疏的丈夫，她想，自己的前途竟是如此迷茫。

一个十九岁的女孩子，她的心里会忍不住去想：

"假如他不大关心我……"

"假如他只关心着瑞仙……"

"假如他有了什么意外……"

航船漂泊着，不日就到了上海，恼人的、并不怎么愉悦的小家庭生活就这样开始了。

就这样，夫妻二人开始了精打细算的生活：米是一元钱一斗，煤球是九角一担，留下地址叫他们送就是；于是又花掉四角钱买来一只小小的煤球炉子以及两只钢精锅子，其余一众铁锅子都是从家里拿来的；去杂货铺的归途中，又想起当晚并没什么吃食，就又买了十只熟咸蛋……

静谧的两人生活似乎是愉悦的，可又是狂躁的，从不曾持过家的苏青一点家事也做不成。她的丈夫偶尔会有朋友过来聚餐，林妈的手艺是好的，菜却不够吃，苏青只得动手做些燕麦牛奶，结果却搞得一团糟。李钦后觉得在朋友面前失了面子，苏青却觉得十分委屈，更可气的是，那些所谓的朋友在自己的家里大吃大喝，临走前却一副学生派头，连一点赏钱都不肯给佣人。

没过多久，丈夫李钦后就读的大学就开课了，每日晚上六时至九时他都要去上课。日间，他在一个中学里教书，薪金不多，而且来去匆匆，与苏青聚首的时间很少。林妈是个伶俐人，不久就熟悉了上海的一切。家事苏青自然是不必担心的，只是在钱这方面是不够体面的。

苏青很不好意思向丈夫开口，李钦后也不愿向家里开口，因为他觉得自己已经娶了妻子生了女儿，不能自力更生，每月再向家中伸手要钱，是最没面子的事情。

因此每当苏青向他伸手要钱时，他总是脸色很不好地说，"你向我要，我又向谁要呢？"可是苏青呢，她作为一个嫁出去的女儿，又怎好意思张嘴向母亲要钱呢？而积蓄她也是没有的，只好忍气吞声地向丈夫要钱，可每每却只得到丈夫这样的回答，哪一个做妻子的能忍受得了呢？

苏青每次伸手向丈夫要钱都受尽凌辱，总觉得心里一阵难堪和委屈，想要讥笑他几句，又有所不忍，只能伤心地掉下泪来。李钦后见了后更是火冒三丈，对苏青嚷道："你嫌我穷就给我滚蛋！我是人，你也是人，你问我要钱？"

小小的家庭温情已经早不在了，就在那柴米油盐酱醋的点点滴滴中磨光耗尽了，只残留下恐怖的咆哮与厮打。

一个丈夫不但没有能力养活自己的家庭，反而让一个女人家来养活这一大家子。苏青的怒火就在这争吵声中被点燃了，她失去了理智，收泪冷笑道："我就出去也不怕饿死，真是没的倒霉死了，嫁着你这种只会做寄生虫的男人！"这些话说出口后，苏青心里头痛快极了，可是在气头上的她怎么会想到李钦后此时的难堪呢。他是一个男人，亦是自己的丈夫。果不其然，只见他眼睛一睁，连脖子都通红了，大喝一声："你要出去马上就给我滚出去！"说着抢步上前揪住苏青的头发向外揪。

夫妻两人的关系愈加恶劣，时而有钱、时而无钱的生活让苏青不得不想尽办法寻找出路，也好补贴一点家用。除此之外，她也想靠着自己的努力来赚钱，从而与自己的丈夫平起平坐，一较高下。她是个好胜的女人，只可惜，这样的较量不可能有输赢，只会两败俱伤。

为了写作，苏青常常在丈夫的书橱里找些杂志来读。在这之后，李钦后经常言辞刻薄地对苏青说："女状元，我得警告你，以后请别翻我的书橱，我是最恨人家乱动我的东西的。"说完就把书橱锁了起来。这样毫不客气的话如果是对着一个温柔的女子说，或许这女子会因为委屈而不了了之，但是此刻李钦后面对的是生来倔强的苏青，她是决不会屈服的。

有时候苏青气愤地对他说："你既然不喜欢女人看书看报纸，干吗当初不讨个一字不识的乡下姑娘呢？"李钦后说："女人读书原也不是件坏事的，只是不该一味想写文章赚钱来与丈夫争短长呀，我相信有志气的男人都是宁可辛辛苦苦设法弄钱来给太太花，甚至于给她拿去叉麻将也好，没有一个愿意让太太爬在自己头上显本领的。"

苏青后来也变乖了些，那便是趁着买菜的时候同附近一个报贩闲谈瞎扯几次，顺便向他借些报看，看完之后，再向他买两本杂志。吃过晚饭无聊的时候，苏青就把杂志拿出来对自己的丈夫说这是专为给他解闷买的。李钦后每每质疑苏青可曾事先阅读过这些书时，苏青都含糊着说，压根不爱看那些，织绒线衫已经够忙了。李钦后于是就很欢喜。

果然皇天不负有心人，在争吵不断的家庭中，苏青凭借着独属于女子的机警与细腻，成功地用一支笔闯出了一片文学天地。那个时候的上海，有着欣欣向荣的杂志行业，例如《论语》《人间世》《宇宙风》《文饭小品》等，尤其以《论语》的影响力最为广泛。苏青频频向杂志社投稿，希望得到赏识。不久之后，上海文坛开始刮起一股清新不失妩媚、世俗不丢典雅的文风。苏青凭着切身体会写下的《生男与育女》一文在《论语》上刊登。在文章中，她一针见血地抨击了封建社会中那些冥顽不化的旧思想，并愤怒地指出女子并不是生育的机器。

许多有学问的青年读到这篇文章之后，内心就产生了共鸣，所以不久后苏青就得到了不少读者的支持和赞赏，最为重要的是，苏青得到了五块钱的稿酬。

苏青从来都不是一个屈服于命运的人，所以她更不会看丈夫的脸色过活，她的理想不是当一个衣来伸手、饭来张口的少奶奶，而是一直相信女人也可以用自己的智慧赚钱，她想要凭借自己的文笔在上海这片灯红酒绿的天地间扎根。

苏青是一株玫瑰，愈是凄冷，愈发妖艳，愈发娇媚。她不甘于在婚姻生活的消磨中枯萎，她在命运的风雪中努力地寻找着一丝丝谷雨阳光。

第五章

注事萧萧

付云烟

## 第一节　孑然独我

很多错误的相遇，扰乱了世间无数的姻缘。

1939 年春，苏青与李钦后的三女殇；1939 年夏，四女诞生，取名李崇美。

苏青夫妇两人把他们所有的爱全都寄放在小女儿身上，以缅怀此前失去的女儿，来尽一些父母对子女的责任。

这时的李钦后已有了不错的工作，开了一家律师事务所，靠着解决诉讼案件来赚钱。他的进款很不错，一笔就有三五千。他喜欢买东西，吃的用的都满坑满谷。他舍得花钱，尤其是花在小女儿菱菱身上的，几近于奢侈，天天喝牛奶，吃水果、鸡子、鱼肝油不必说了，李钦后还听信中医的话，喂她红枣汤、桂圆领、胡桃茶、参须汁等，因此菱菱常患便秘，李钦后就到处给她找外国医生。总之，他把菱菱养得很娇弱，但却伶俐可爱。

他们住处的二楼亭子间是一间贮藏室，堆着整堆的煤球、十多担米、几听火油、几听生油，其他如肥皂、火柴、洋烛、草纸等都多得是。

苏青的邻居是徐訏和赵琏。徐訏是徐秀才的亲戚，苏青归宁时结识的，而赵琏与徐訏就是在那时定情的。但是现如今他们两人的生活似乎过得并不幸福，赵琏每每总是跑来向苏青诉苦，内容无非是徐訏心里一直藏着他大学时代的女同学，一直惦念着她。现在徐訏在杂志社的收入并不多，却全用来自己消费了，买香烟，看戏，下馆子，本就不多的钱几乎都消费在这"必要"的款项上了，只剩下一点弥补"不重要"的家用。

赵琏同徐訏经常为此吵架。结果自然是女人落败，掩面而泣，哭着闹着悔自己当初看走了眼，才会上了男人的当。清官难断家务事，苏青也只能安慰安慰她。赵琏很是羡慕苏青家里用的、吃的、穿的总是最好的，仆人也是伺候得极周到的。所以你看，女人倘若能够自己赚钱补贴家用，又何苦受男人的气呢？

苏青只当赵琏是她的好邻居，却不曾想，这位顶好的邻居却惦记上了自己的丈夫和自己的家财。李钦后的事业顺风顺水，苏青的日子过得美美满满，在赵琏看来，这就是美好幸福生活的象征与标志。

赵琏常来苏青的家里，她手巧，又很会搭配，常常把菱菱打扮得跟瓷娃娃一样美丽可爱。一来二去，李钦后便逐渐对赵琏有了好感，有时甚至还在苏青跟前夸赞她心灵手巧。但是，苏青只当这是邻里之间的和睦相处，并没有往别的地方想。她早该察觉的，可是她却一点防备之心都没有。

不久之后，李钦后就同赵琏偷偷好上了。当年，徐訏与赵琏两个人一见钟情，喜结连理。倘若徐訏的事业能够顺利的话、收入能够稳定的话、对家庭的付出能够更多的话，两人也不至于日后分道扬镳。赵琏则一时之间拿错了主意，一步错，步步错。

李钦后时常夜不归宿，苏青每每问他，他总是不耐烦地答是应酬去了。苏青自然是不信的，却也懒得同他闹。寂寞之时，她就时常找杏英的小叔子周明华说说话。

这位英俊的小伙子当初跟随李钦后一同来到上海，在苏青家里住过一段时日。他是苏青的小姑子杏英丈夫周明福的弟弟。杏英嫁给人做了填房，苏青还为此时常感叹，这个丑姑娘总算是嫁了人，也幸好是做了填房，否则的话，日日对着她，岂不是要被她的相貌毒死？

苏青与周明华之间有许多共同语言，苏青也乐于同他讲自己曾经的教书生活，明华觉得很有趣，每每总是点头称赞。但是李钦后却深以为耻，认为那本就是没有出息的职业。

明华是个热血青年，他不忌惮死亡，却害怕被奴隶的社会囚困而死。苏青在《结婚十年》中对明华有着这样一段描写：

"他不时跑出后门去买报纸号外，兴奋地讲着轰炸什么舰的消息，听见飞机掠过时便赶紧奔上晒台看，有时候还到流弹落下的地方去拣碎壳片。他似乎很替我抱憾似的，因为我不能行动往各处找热闹，'这真是伟大的时代呀！'他叫喊着……我不能忘记有一次他曾清楚地对我说：'我们宁可炸弹下来炸得血肉横飞地送了命，不要让生活压榨得一滴血液也不剩呀。'"

俗话说，"好事不出门，坏事传千里。"没过多久，苏青就听闻了许多风声，而自己的丈夫近来又时常夜不归宿，她不免起了疑心——李钦后偷情赵琎。

苏青虽然知道此事多半是真的，但她却不愿声张，只是忍气吞声，因为她实在舍不得抛下自己可爱的女儿与刚出生的儿子。不过，苏青这般机敏的女子是绝不会坐以待毙，等着旁的女人爬到自己的头上来的，她旁敲侧击地对李钦后说了许多话，无非是离过婚的女人是最没安全感的，她也绝不会将真正的感情寄放于有了妻子儿女的家庭之中，如果这样的女人现在说爱一个男人，那没准就是在利用他的同情心。

这番话很有效果。有一天晚上，赵琎悄悄地过来看望苏青。她当时穿着一件半旧的碎花夹袍，显得很憔悴，一直默默地坐着不说话，最后才毅然决然地问苏青，"我觉得我冒昧，有句话想请问你：究竟你同你的贤还相爱不呢？"

这般赤裸的挑衅，苏青自然不会相让，她装作诚恳的样子对赵琎说："我相信我们一向是相爱的。"

赵琎听了这番话后，似乎并不死心，她还在奢望，这可能也是她最后的希望了。到最后这一步，她其实也是个顶可怜的女人。

"她默然半晌，只得老实说出来道：'你觉得他……他真的靠得住吗？因为他对我……他同我……别人……'我连忙截住她的话道：'我是十分相信你的，也相信他，别人的话我决不瞎听，我们原是好朋友。'她无可奈何地流下泪来道：'我……一时错了主意……已经……已经有了两个月……'"

　　这是来源于《结婚十年》中的一段描写，字字句句，写满了心酸。于自己，于赵琏，于丈夫，苏青万万没想到事情竟会发展到如此地步，她勃然大怒，写了封信寄往老家。本就卧病在床的李星如得知此事后，要来上海与李钦后拼命。

　　自己怀孕之时，丈夫却出轨在外，与别的女人缠绵，谅谁都无法释怀。这一封信加重了李星如的病情，得知此事的李钦后急忙回了家。

　　临走前，他给苏青留下了二百元钱，苏青就用这一丁点钱窝在上海的阁楼里孤苦地过日子。她决定找份工作来补贴家用，于是就找到了一个日语补习学校。在那里，苏青遇见了她一生中的贵人——一位在德国留学过的女博士苏曾祥医师。她生得那样美丽，举止高雅，态度温和。渐渐地，苏青便同她熟悉了，知道了她的身世。她是青年时就与丈夫离婚的，因此特别容易同情别人，也非常了解社会的情形。苏青就把自己结婚经过统统告诉了她，她真的非常理解，亦很同情苏青。

　　苏青说，别的朋友们因为太幸福了，不能把别人的痛苦放在心上，她们有时追问她，一转身却把这些事拿去添枝带叶地当作茶余酒后的谈资。但是苏曾祥医师却不是这样的，她是女性苦难的体验者。

　　丈夫一走就是几个月，音讯全无。苏青靠着写文章来补贴家用，有时候她写得疲倦了，也常产生厌世念头。苏曾祥医师总是鼓励她，说是有了孩子的女人是任何困难都不怕的，因为天下绝没有逃避责任的母亲。她很喜欢苏青的孩子，起初苏青还以为是自己的孩子生得惹人怜爱的缘故，直至有一天苏青瞧见她拉着一个焦黄脸孔的流着鼻涕的女孩子的手殷勤询问时，才明白这是她慈爱天性的表现。

那个女孩是在继父家中过活的，娘为了她受过不少委屈，因此也连同她一起憎恨了起来。每遇她患病来诊时，苏曾祥医师总是把药品亏本卖给她，因为怕药贵了，继父就不许她继续医治了。

在没日没夜的写稿的日子里，苏青与自己的儿女纷纷患上了肺病，元元与菱菱得了肺炎，她自己却患上了肺结核。她没钱治疗，苏曾祥医师就一直免费给她打空气针。到最后，苏曾祥医师甚至做了苏青与李钦后离婚的见证人。

激化苏青与丈夫李钦后之间矛盾的导火索是 1942 年的一天下午，画家董天野来苏青的家里商量一篇文章的插图样式。董先生谈完工作下楼去的时候，正好碰到回家上楼的李钦后。怒气冲冲的李钦后一把抓住董天野的衣服，呵斥道："你到这里来干什么？"董天野火冒三丈："我是来找冯小姐商量插画的。"李钦后不依不饶，"你可知道我是她的丈夫？"早在此前，董天野对李钦后的暴戾就有耳闻，所以，并没有跟他纠缠下去，而是推开他匆匆地下楼去了。

回到家中的李钦后，不问青红皂白，当着保姆、亲戚的面，"啪啪"给了苏青两个耳光，一向隐忍的苏青此刻也爆发了。这样赤裸的侮辱她怎能轻易忍受？当天下午，苏青就收拾行李物品离开了家。此后，两人开始了两地分居的生活。

1942 年冬，两人正式离婚。没人愿意做离婚的见证人，他们都嫌麻烦，怕尴尬，故都避之不及。苏青只得托了苏曾祥医师前来见证。从此以后，两人再无瓜葛。

只是，最后的最后，李钦后也依旧没有选择赵琎。他并不爱她，也无意娶她，所以赵琎十分绝望地打掉了腹中仅仅两个月的孩子，离开上海，远走他乡。

十年的心酸，十年的折磨，仿佛都在这一刻如洪流般释放了出来。苏青得到了解放，这是她所希望的，也是命运为她巧妙安排的。

林徽因曾说过，"人生聚散无常，起落不定，但是走过去了，一切便已从容。无论是悲伤还是喜乐，翻阅过的光阴都不可能重来。曾经执着的事如今或许早已不值一提，曾经深爱的人或许已经成了陌路，这些看似浅显的道理，非要亲历过才能深悟"。

最初的相遇，最后的别离，竟然成了心上的一道疤，开出了凄惨的骨朵。在爱情的世界里，没有谁对谁错，最后的转身，或许只是因为瞧见了更美的夕阳，在九月的血色天里，一路南下。

## 第二节　芳草萋萋

　　软玉书香里生长的娇蕊，最终被风霜摧残成一株开在水面的浮萍，无心无根，无依无靠。单凭一支素笔，默默地参透人生，把风花雪月写在纸上，将嬉笑怒骂印成墨字，让这世间所有的目光瞧见了她的绝代风华。

　　离了婚，苏青半分钱也没有拿到，嫁妆也都没有拿回。万般无奈之下，苏青只得厚着脸皮住在自己的堂姑丈家中，堂姑丈一家住在福明路上。苏青的亲姑母早已经死了，现在另娶的一位才二十八九岁，而堂姑丈已经有四十九岁了。他是个十分精明的商人，十分节俭，一大家子人连个佣人也没有请，全靠着堂姑母原来带着的一个老妈妈烧饭洗衣，十分辛苦。

　　苏青的这位堂姑丈就是平襟亚。平襟亚是"中央书店"的老板，同时办有《万象》杂志，社址在福州路昼锦里附近一个小弄堂里，是一座双开间石库门住宅。楼下是书店店堂，楼上是编辑部，苏青就住在亭子间里。

　　离了婚的女子，定然是不受欢迎的，更何况与他们并不亲近。苏青开始四处谋求工作，她一开始想找一份中学教师的工作，可人家嫌她没有毕业文凭，不愿意留用。好容易靠一个朋友帮忙，在某私立中学弄到一个代课教员的工作，但下学期才可以正式聘用。然而，只要有薪水可赚，欣喜还来不及，谁还愿意去计较什么代课与正式的名分呢？苏青兴兴头头地做了半年，到了第二学期，那个中学的校长到内地去了，她的一位至亲长辈顶了缺。这个长辈是个善于避嫌的正人君子，他做了校长以后便把苏青的代课教员一职取消了，他说："你是一个现成的少奶奶，又何必辛辛苦苦出来赚铜钿呢？"

20 世纪 30 年代的上海，小市民文化兴起。各类报刊如雨后春笋般纷纷冒头，争先恐后。

当年，海派文学兴起。海派散文作品在表现技巧上对常规大都取漫然的态度，对流行色和轰动效应乐此不疲，刻意捕捉那些新奇的感觉、印象，竭力把现代人的呼吸、现代生活的全景和节奏，缩入短小的篇章中。苏青与张爱玲同为 20 世纪 40 年代言情小说与现代主义探索的新海派作家代表。

海派的概念与京派是相对立的。20 世纪 30 年代，海派作家多写抒情小说，京派作家则以写实为主。海派文学在广义上指的是所有活跃在上海的作家派别，包括左翼文学、新感觉派文学、鸳鸯蝴蝶派。

海派文学是繁华与糜烂的结合体，在毁灭中迸发出新生命，却又在灿烂中植入罪恶，可以说是殖民地文化入侵本地文化后繁殖出来的一朵

"恶之花"，本土文化想冲破阻碍，外来文化欲寻求刺激，于是二者结合为新的文学形式——海派文学。这种新的文学形式变化多端，有种变魔术的味道，是雅俗善恶混杂而生的新的都市文化，但未能真正摆脱旧文化的束缚。

当时海派文学的特点是：新文学的世俗化、商业化；小说十分注重可读性，善于迎合大众的口味，属于一种"轻文学"；过渡描写都市生活，展示的全是病态的社会生活，如上海的生活百态，夜总会、赌场、酒吧，投机家、交际花……如此种种的描写数不胜数；首次提出了"都市男女"这一新的主题，出现了许多"新式的肉欲小说"；十分注重小说形式的创新。

于是，海派作家以身边琐事为对象，观照人生真义，领略人生情味，追求生活情趣……

同政治保持距离和对商品经济的适应是海派小品散文发达的原因，它与中国传统文学大异其趣，所以也饱受诟病。在那个血腥的年代，求自保的作家总是被人鄙夷——他们似乎对国家的腐烂不闻不问，一心迷醉在自己的阁楼高处。

茅盾先生的《子夜》采用的是典型的奢华与糜烂结合的同体模式结构，从本质上说，可以算作一部站在左翼立场上的海派小说；刘呐鸥创作的《都市风景线》则是最典型的、最具代表性的海派文学作品；而张爱玲的《倾城之恋》则独创了以都市民间文化为主体的海派小说的美学。

苏青也是海派文学的代表人。蠢蠢欲动的心在燃烧，苏青终于勇敢地迈出了人生至关重要的一步。被生活禁锢的几近窒息的苏青，终于在沉默之中爆发了。她深刻地意识到女子是被社会轻视与诋毁的。她终不能忍受这般待遇，在久久的隐忍过后，毅然决然地离开了这个她生活了十年的家。她不是娜拉式的出走，她更勇敢。

她是不舍的，因为她瞧着了孩子们无辜的眼神与期盼的目光。作为一个母亲，她怎么能忍受？可是她内心的决然与醒悟已经无法让她回头了。她要走自己的路。她是一只猛禽，在笼子里关得太久了，纵然头破血流也要勇往直前。

离家之后的苏青，不断反问自己，天地如此之大，哪儿才是她的归处呢？心安处即是吾归处。

海派文学专属于那个动荡的上海滩，人们不能讲话，满目灰白，只好随便写写这四周的新鲜，以此取悦自己、取悦政府，让自己得以苟活。这样新奇的文学有它独特的价值，它代表了一个时代，表现了蜗居在孤岛上的人们的无助。

据说，苏青在写文章时曾经做过一件极为大胆的事情，那便是将《礼记·礼运》中的"饮食男女，人之大欲存焉"修改成了"饮食男，女人之大欲存焉"，仅仅一个标点符号的改动，竟让意思"差之毫厘，失之千里"。也正是因为此事，苏青还牵扯出一件文字公案，至今仍为人津津乐道。

民国女作家之间的恩怨纠纷简直可以说是"剪不断，理还乱"，她们之间发生的种种文字公案更是不在少数。林徽因与冰心之间的矛盾便延续了半个世纪。冰心曾写《太太的客厅》讽刺林徽因每周末在家中举办文学沙龙。林徽因坐在一群男士之间，凭借着动人的美貌与良好的文学修养，深受文人雅士的喜爱，冰心嫉妒之下，写了这篇文章讽刺林徽因。林徽因自然不甘示弱，从外地回家后听说了此事，当即回送了冰心一瓶醋。

在这之后，两人的关系可以说是基本断了，不再联系了。

张爱玲与平襟亚因为《一千元的灰钿》延伸出来的《不得不说的废话》《"一千元"的经过》的文仗，也曾打得不亦乐乎。

离婚的女子，总是容易讨得许多同情。走投无路之时，苏青找到了陶亢德，在他的推荐下认识了柳雨生，并在柳雨生的举荐下去了中国电影公司做编剧。苏青在《续结婚十年》中写道："我知道是没有指望的了，心里想亲戚不如朋友，亲戚可能是勉强结合的，朋友却是自动的说得来。"

此时上海已成为孤岛，刊物停办的停办，内迁的内迁。陶亢德将他的杂志移到重庆出版，这次来沪是为了接家眷同去，不料逢太平洋战争爆发，被阻沪上，进退两难。可是他的所有财产都在重庆，朋友也大都在内地，如今停留在此地回不去，无所依靠，自然一天比一天穷。但没办法，他只好咬着牙齿挨着。

陶亢德，字哲庵，是一位著名的编辑家，曾与林语堂创办《宇宙风》半月刊，在上海创立人间书屋。周作人、老舍、郁达夫、丰子恺、朱自清、郭沫若等一大批作家都曾与他亲密合作过。民国时期，陶亢德曾先后任《生活》周刊编辑、《论语》杂志主编、《人世间》期刊编辑。

另有一个青年作家柳雨生，本来是在香港做事的，后因香港发生战事，多年的积蓄化为乌有，迫不得已留在上海另谋生路。

柳雨生是当时上海"中日文化协会"日伪文化组织的重要成员，曾两度作为"上海代表"出席在日本举行的"大东亚文化者大会"，积极鼓吹"大东亚文学"，是罕见的在作品里明确鼓吹中日亲善、大东亚共存的作家。1943 年柳雨生创办《风雨谈》，是上海沦陷时期的一本汉奸刊物。他在文章里积极宣传亲日思想，是抗日战争胜利以后被中国政府明确以"汉奸文人"的罪名通缉的少数作家之一。

正是在柳雨生的推荐下，苏青参加了上海市文人交流会议，并经举荐认识了当时的上海市市长陈公博。与陈公博的相识，让苏青日后有了开办《天地》杂志的条件。

没过多久，苏青就在柳雨生的帮助下，在中国电影公司谋得编制一职。

但是苏青去面试的时候，并不如想象的那般顺利。柳雨生给她推荐的那位魏主任是一个"身材蠢然，肥头大耳，紫膛色脸皮"的粗壮男人，与苏青见面时，十分傲慢。苏青站起身与他打招呼，他都不大理会。

苏青在《续结婚十年》中有一段描写，写尽当时受辱的心态。她是位女子，若不是生活所迫，何至于抛头露面、受尽凌侮来找一份工作养家糊口。

"我觉得很窘，几乎想哭出来，一个女人坐在一个陌生的房间里，不能使一个进来的男人瞥见她大吃一惊，于是喜出望外地趋奔过来，殷勤而且不怀好意地说了许多恭维的话，这还有什么意思呢？简直是绝大的侮辱。他瞧不起我，潘子美这人太没有估计，我又何必多坐在这里丢丑？情愿跑出外面做叫花子去，什么电影公司的编剧主任，呸！我再穷些也不希望你这种丑鬼、老光棍，看你还搭些什么豆腐架子？"

想到这儿，苏青就想着马上起身，拔腿就走。幸而有位漂亮的男士将她与魏主任相互做了介绍，苏青才有幸在这里谋了职位。这时的苏青才发现，这位魏主任人虽傲慢，办事却是极爽快利落的，绝不拖泥带水。

苏青没过多久就失业了，因为魏主任并没有什么真正的电影编剧才能，他完全是靠关系进来的，所以很受人非议，没多久他就主动请辞了。苏青没办法，只好也跟着辞职了，她又失业了。

长的是磨难，短的是人生。区区几十年，尝遍不如意之事。再度失去工作的苏青绝望之下又去请求陶亢德，希望他能有所帮助。

陶亢德便托朱朴在大江报馆给苏青谋得了一个位置，本来马上就可以走马上任的，但当天晚上大江报馆的周黎庵找到陶亢德，表示不愿让苏青到大江报馆去做事，请她另谋高就。陶德亢无奈之下只好对苏青表达了周黎庵的意思。苏青心知周黎庵是害怕自己的才情掩住了他的光芒，盖住了他在朱朴面前的风头，所以才不同意自己去大江报馆工作的。无奈之下，苏青只能打退了去大江报馆工作的想法。

陶亢德对苏青屡屡出手相助，以及他对她的才情的赏识，使得苏青十分感激他。苏青曾在《续结婚十年》中表达过自己对陶亢德的依赖，以及仰慕之情：

"公寓里的炉火都熄灭了，残叶遍地，枯枝静悄悄，我不禁低徊留恋不已。进了自己的房间，首先嗅到一阵浓烈的烟味，是如此够刺激的，男人们若不会饮酒抽烟又算是什么呢？我喜欢鲁思纯的明达而淡泊，假如一个女人能嫁这样丈夫，红袖添香伴读书，闺房之乐岂非可以媲美易安居士与赵明诚吗？"

如此赤裸的表白，哪个男人会不心动呢？陶亢德即使会心动，可他尚有妻女在身边，又怎么能轻易地表达爱意呢？

苏青的露水姻缘实在数不胜数。当时的柳雨生十分爱慕苏青，几次在她危难困窘之时出手相助。只可惜，苏青并不十分瞧得上他。柳雨生办了一个纯文艺刊物，叫作《文光》，他说要刊载七大长篇，便把苏青正在写的《残月》也拿去凑数。其实他并不觉得写得多好，只是拿去凑数以及尽一点友人的绵薄之意罢了。

陶亢德看过《残月》后，即刻在海外写信鼓励苏青，说这篇《残月》乃至性至情之作，非时下一般搔首弄姿者可比；又另外写信告知柳雨生，说《残月》十分有号召力，应该排在卷首。

可是柳雨生却并不这样想。他一直认为自己的报刊销量能够如此好，全是仰仗周越然等老作家的号召力。苏青得知此事后，十分气恼，于是她就萌生了自己办报刊的想法。

雪白洁净的梨花默默地开在墙头之上，被风霜吹打残伤，落满了破碎的尘埃，亟待被解救。

## 第三节　天地风靡

明月清浅，岁月无恙，几笔翰墨，晕开了残缺的万重山。春光旧梦，无人度津。寒山烟水，东篱阁楼，笙歌嘹亮，伊人粉墨登场。

有着雄心壮志的女子是苏青。因为她投稿初期已经结识了不少文化界人士，所以便想着借助这些文化界人士的名声来打造自己的杂志。但是创办杂志并不容易，所需的不仅仅是文人名气，还有人脉与金钱。

世间的才女多是寂寞的，苏青也不例外。在那个"女子无才便是德"的荒谬年代里，苏青偏要逆风而上，占尽时代的风流，成为举世瞩目的奇女子。

苏青当时在上海滩已经名声在外，结交了许多文人雅士，但能为她创办报刊倾助一臂之力的却没有几人。因为当年苏青与陈公博交际甚好，所以索性找了陈公博，说明了想要创办杂志的缘由。陈公博立刻批准了，并拨给她五万元作为开办费。五万元可不是个小数目，在当时足可以购买五十先令的报纸。周佛海夫人杨淑慧也支持她的想法，认为女子能有自强的意识并如此果敢实在不易，于是就资助了她两万余元。由此，苏青的杂志《天地》问世了。

天地杂志社很快就选好了地址。苏青选择了爱多亚路（今延安东路）160 号 401 室为天地杂志社的社址。同时，《天地》创刊号也诞生了。苏青既是《天地》杂志发行人，又是主编。苏青对《天地》杂志的创刊十分用心，亲自为创刊号撰写发刊词。现取其中一小段摘录如下：

"天地之大，固无物不可谈者，只要你谈得有味道耳。……而且在同一《天地》中，尽可你谈你的话，我谈我的话，只要有人要听，听了觉得有味道，便无不可谈。故《天地》作者初不限于文人，而所登文章也不限于纯文艺作品。《天地》乃杂志也，'杂志'两字若顾名思义，即知其范围宜广大，内容须丰富，取一切杂见杂闻杂事杂物而志之，始符杂志之本义。一个人的见闻有限，能力有限，欲以有限之见闻写无穷之文章，必有力不从心之叹。故鄙意文人实不宜自成为一阶级，而各阶级中却都要有文人存在，这样才会有真正的大众文学、写实文学，以及各种各式的、对于社会人生有清楚认识的作品出来。《天地》极需要此类作品，执笔者不论是农工商学官也好，是农工商学官的太太也好，只要他们（或她们）肯投稿，便无不欢迎。"

在栏目的设置上，《天地》也可以算是兼收并蓄、无所不容的，有一种"海纳百川，有容乃大"的气魄。所涉栏目有"随感录""小说""书评""通讯""人物志""地方志""掌故""杂考""科学小品""谈天说地""欢天喜地"等，苏青把各个栏目都解释得一清二楚，可见她热切地盼望着读者来稿的殷切的心情。

　　"'随感录'（即'谈天说地'）嬉笑怒骂，论事理，辩是非，从心所欲，只要检查处可以通过的话，便无不可说，而且说了以后亦不管人家骂不骂也。文笔力求犀利，字数至多两千。

　　"'小说'乃反映社会人生的，暴露亦可，讽刺亦可，叙悲欢离合之情，或赞美歌颂现社会的均无所不可，只要读来顺口，能感动人，便是佳作，新文艺腔过重者不录。

　　"'书评'很重要，但因近时出版物不多，而读后觉得有作评价值者尤不可多得，故主张有稿则登，无时只好从缺。不过旧书总是可以读读的，读过之后，有所得或有所感，便写出来，成'读书随笔'数则，亦大好事，且可见作者之学问及胸襟。

　　"'人物志'顶不容易做，因为谈古人则论者已多，难得独到之见；记今人则容易得罪，也容易给人家误会你是存心奉承。现在我们只得知其不可为而为之，拣顶熟知的人来写，写得顶老实，"天地"良心，只要不是有意谩骂或拍马屁，知我罪我，也就听之而已。

　　"其他如'地方志''风俗志''掌故''杂考''科学小品'之类，苟有佳稿，便当供诸同好，唯亦不必求期期皆备耳。

　　"除此几类以外，其余的文章，便只好统名之曰散文了。散文可以叙述，可以议论，可以夹叙夹议；文体严肃亦可，活泼亦可，但希望严肃勿失之呆板，活泼勿流于油腔滑调而已。"

　　《天地》在当时一批有头有脸的人物的支持下，办得有声有色。《天地》杂志之所以在20世纪40年代的上海滩办得风生水起，还是得益于苏青的经营之道。

在当时杂志盛行的年代里，每一本盛行的杂志都有其盛行的理由。很多杂志刊物为了提高知名度，都会借助外力，如借助一大批大作家和政界人士来支撑门面。当年，林语堂创办的杂志《论语》及《宇宙风》就是借助了一大批京派作家、左翼作家和胡适、宋庆龄、蔡元培等新文学界名声赫赫的文人学者的名声。

尽管这一做法遭到了鲁迅先生的批评——"所谓名家，大抵徒有虚名，实则空洞，其作品且不及无名小卒"，但的确为当时林氏的刊物带来了相对稳定的销售量。这些做法为后来的杂志竞相效仿。

苏青作为一个崭露头角的文人，自然无法请到重量级的作家，但是她也凭借着自己的本领网罗了一大批作家，诸如周作人、胡兰成、谭正璧、秦瘦鸥、朱朴、纪果庵、周越然、柳雨生、徐一士、张爱玲、施济美等。这其中不乏成名已久的，也有在文坛崭露头角的。但是，这其中一大批作家都是同汪伪政府有密切联系的，这也难怪后来苏青会被扣上"汉奸作家""文妓"的帽子。

苏青与汪伪政府靠得太近，难免会被人诟病。当时的上海，一片狼藉，哪里有欢颜笑语、歌舞升平的景象？汪伪政府想要给人们营造出一种太平盛世的景象，制造出家庭、社会和乐的气象，故不得不找些报纸期刊写些充满生活情趣的小文字，来掩饰乱世之下的狼藉。不得不说，苏青的杂志并不是有意刊载这些，她只是入了恶人的圈套而已。

这时的上海，几乎可以说是一座孤岛，里边的虫鸟飞不出去，外边的鱼虾游不进来，所有的一切，全是封闭的、空荡荡的死寂，半点色彩都不曾有。上海的孤岛时期，是自 1937 年 11 月中国军队撤离，上海沦陷至 1941 年 12 月珍珠港事变日军侵入上海租界为止。

担忧、恐惧无时无刻不围绕着"孤岛"上的人们，读报成了他们唯一的消遣。这其中有两种好处不得不说：一是时时刻刻关注着外边偶尔飞进来的零星半点的消息；二是娱乐身心，用来缓解精神压力。

1941 年 12 月 8 日太平洋战争爆发，日军全面占领下的上海进入了沦陷期。苟延残喘之下，苏青的女性文学开始盛行。这是在民族危亡之时，女性在夹缝中的畸形苟活与存在。

苏青就借着这股春风，将上海滩这一潭死水吹绿，抚慰着这早已满目疮痍的十里洋场。

就是在这样的环境下，苏青的《天地》独辟蹊径，闲话家常里短，浅谈女性文学。

苏青时不时会想出一些好玩的点子来经营自己的《天地》，譬如抽奖，譬如将获奖作者的照片刊于杂志之上。

苏青还曾经在《天地》第 3 期上办了命题征文的活动。征文的题目是：《最……的事》，她还对题目进行了补充说明。"危险"啦，"烦恼"啦，"不幸"啦，"卑鄙"啦，"无耻"啦，"滑稽"啦，"伤心"啦，"平常"或"稀奇"啦，"得意"或"失望"啦，"勇敢"或"懦怯"啦，"欢喜"或"讨厌"啦，都可以由读者自由决定。

文体是记叙文，要据实写来，废话少说。事情可以是听见的、看到的、经历的，如"我所看见的最滑稽的事"，或"我所经过的最痛苦的事"，或简单地写一件"我最得意的事"也行。

苏青对征文的解释是："征文当选绝没有第一名、第二名之别，因为我们没有这样狂妄，敢以评判员自居。也没有截止期限，诸君不妨有兴就写，写好寄来，留待本刊陆续发表。"

在这般的政治低气压下，"孤岛时期"的上海市民依然要如往常一样过日子，只可惜这日子过得度日如年。当时蜗居"孤岛"的张镇山在《申报》中这样写道："在物价狂涨的年代，衣食住行四个部分中，要求得生产与消费量的平衡，固然相当困难，但也不是绝对的。衣的方面，我们要下十二分的坚定心与自主力，来实行'旧衣与土布运动'；食的方面，补救之法显然是以推动面食运动为第一；自然地疏散表面上只解除了上海房屋供求不均的麻烦；在交通上，我们今年更应该强化'步行运动'，既省金钱，又锻炼腿力……以上所述，似乎都是消极的，但却是不得已的办法。"单单从这些话语来看，在当时的社会环境下，"孤岛时期"的上海市民生活是极为拮据的。

苏青办《天地》杂志，是为了补贴家用，她还有三个嗷嗷待哺的孩子。也许客观上她的确为汉奸所利用，但是杂志所登文章却从未涉及政治。她的杂志只是汪伪政府粉饰太平的一个工具，而她和汉奸走得有些近了，便成了她身上的污点。但是如此的选择，却更多地透露出她的无奈。

她何尝不想驱赶侵略者，扛起大旗，高喊"打倒帝国主义者！"可是她不能这么做，一是因为有孩子在家中等她，二是因为她怕进宪兵队受苦。如此坦诚的苏青，恨不能将自己的心一层层地剥开了给这世界看清、看透。

苏青——一个才华与美貌并存的女子，她内心对日军何尝不充满厌恶？她怎能忍受一群施暴者在壮美的河山上肆意撒尿？因此，她写的文章字里行间没有一句赞颂过当时的社会。她虽不曾举起旗子高喊过，可是她日日夜夜都怀着愤恨。

在《结婚十年》后记中，苏青如是写道："原因是这故事描写着现代，说话得避些忌讳。"又说："书中男女主角，其实都不是什么坏人，而且其实也没有什么必须分离的理由，然而因为现代社会环境太容易使得青年男女离婚了，于是他们便离婚了。"这些话语，字里行间都透露出她对当时那个社会的憎恨。这是她作为一个文人对这社会的鞭挞。她能做的，也许就只有这些了。

正是因为苟延残喘地生活在小市民阶层中，苏青的作品并没有过多地体现民族意识。这是难免的，但是她也不曾歌颂赞美过这乱世，炮火飞烟的痕迹在她的作品里依然清晰可见。

抗日战争胜利以后，苏青被围攻，被说成"汉奸文人"，一些人甚至要求销毁她的旧作，说那是蛊惑人心的文字。为此，苏青在《结婚十年》的小说代序中写道："我在上海沦陷期间卖过文，但那是我'适逢其时'，盖亦'不得已'耳，不是故意选定这个黄道吉期才动笔的。我没有高喊打倒什么帝国主义，那是我怕进宪兵队受苦刑，而且即使无甚危险，我也向来不大高兴喊口号的。我以为我的问题不在卖文不卖文，而在于所卖的文是否危害民国的。"

1943 年 10 月，苏青拿着陈公博与杨淑慧的钱，在上海爱多亚路 160 号 106 室创设了天地出版社，发行《天地》杂志，她自己当社长、主编、发行人。

1944 年春，苏青散文集《浣锦集》出版，再次引起热烈追捧，一版再版，印至几十版。张爱玲也为她写序《我看苏青》。

1945 年初，苏青散文集《饮食男女》出版，代序为《苏青张爱玲对谈记——关于妇女、家庭、婚姻诸问题》。这时的苏青已经和张爱玲齐名，被视为当时上海文坛最负盛名的女作家之一。

## 第四节　珠联璧合

在那个才子佳人数不胜数的年代里，苏氏姐妹两人娉娉袅袅，恍若从天涯尽头走来，携来一杯月色，倾注在那半壁江山间。

美人托腮，掩卷长思的寂寞，有几人能读得懂？尚在学堂之上的，被掩在象牙塔内的苏红在姐姐苏青的庇佑下独享盛誉。还是花样的年纪，已能以己之身占尽美色，踱步在那文学的高阁之上，望尽天涯路，写尽天下事。

《天地》发行之后，一位署名"苏红"的女作家在《天地》的第11～13期上连续发表了题为《五日旅程》的文章，又在第14期上发表了《烧肉记》，在第15、16期合刊上发表了《安于食淡》。殊不知，这些具有生活气息的文章正是苏青的胞妹冯和侠女士所写，当时她年仅23岁，却已凭借着洒脱的文风名动上海。

苏青创办《天地》刊物以后，就想把自己的妹妹冯和侠也拉拢过来，于是就给她取笔名曰"苏红"，意为大红大紫。

　　年纪轻轻的苏红就此开始了写文章的作家生涯，她写的都是十分富有生活气息的文章。例如《五日旅程》《烧肉记》《安于食淡》《女生宿舍》等，都原汁原味地记述了生活中的一些趣事。

　　窗外那一剪明月，穿透了这夜的黑。

　　提到苏青，人们自然会想起张爱玲，那个活在二十世纪三四十年代上海滩的女子，同苏青携了手，一起入了人们的眼帘。

　　苏青与张爱玲素来交好，这是文学圈子里的人都知道的事。就连张爱玲与胡兰成的连结，也全是因了苏青这位红娘牵的线。只可惜最后曲终人散，张爱玲甚至对胡兰成恨得咬牙切齿，恨不能抹去这段过往。

　　张爱玲待苏青如知己，两个人惺惺相惜，相濡以沫。

　　苏青与张爱玲因杂志、因文字而结缘，两个人在相互的往来中结下了深厚的友谊，最后成了挚友。张爱玲甚至写了一篇《我看苏青》的文章，里边写道："苏青与我，不是像一般人所想的那样密切的朋友，我们其实很少见面。也不是像有些人可以想象到的，互相敌视着。同行相妒，似乎是不可避免的，何况都是女人——所有的女人都是同行。可是我想这里有点特殊情形。即使从纯粹自私的观点看来，我也愿意有苏青这么一个人存在，愿意她多写，愿意有许多人知道她的好处，因为，低估了苏青的文章的价值，就是低估了现地的文化水准。如果必须把女作家特别分作一栏来评论的话，那么，把我同冰心、白薇她们来比较，我实在不能引以为荣，只有和苏青相提并论我是甘心情愿的。"

流年似水，那些被时光淹没的日子如今流浪在眉间。这墨色的年华转身而去，你在街角遇见了谁？她同你一般寂寞、孤独，着一身袍子，凄凄冷冷地去往那幽暗的僻静之处。古道羊肠，西风瘦马。这乱世的狂风骤雨，全藏在了她们的细柳弯眉间。《阳关三叠》的曲子弹了一遍又一遍，曲终人散，只剩清冷的筵席。古人去了又回，只留一颗疲惫的心在红尘的兜兜转转之间，苍苍老去。

20 世纪 40 年代的旧上海，各类杂志报纸多如牛毛、数不胜数。在这狼狈不堪的社会里，一批如苏青、张爱玲等的女性作家崛起，靠着卖文为生。

那会儿苏青刚从婚姻的坟墓中逃脱出来，一个人带着几个孩子，生活得极为艰辛，于是她萌生了办杂志的想法。杂志开办以后，她又忙着到处求人赐稿，张爱玲便是其中一人。那时的张爱玲红遍了整个上海滩，大红大紫的她不肯轻易为杂志写文。但是看了苏青的那篇《叩在同性》的求稿信后，张爱玲便被其直爽的品性打动，当即给苏青的《天地》寄去了一篇《封锁》。《封锁》是张爱玲的一部杰作，以至于胡兰成看了以后爱不释手，急于结交这位杰出的女性。

自《封锁》之后，张爱玲开始频繁地为《天地》杂志供稿。因此，除了创刊号外，每期都有张爱玲的作品，如《公寓生活记趣》《道路以目》《烬余录》《谈女人》《童言无忌》《打人》《我看苏青》等多篇文章。《小天地》月刊的第 1 期还发表了张爱玲的散文《散戏》《炎樱语录》。可见二人私交甚好。

苏青曾写过一篇文章《救救孩子》，讲述生孩子与养孩子的道理，批驳了那些只顾着生孩子却未尽到为人父母责任的行为。张爱玲见文大受感动，为其作了一幅画，画上的小女孩斜抵在栏杆上，一只手抓着栏杆，小脑袋也搁在栏杆上，嘟着个嘴，十分可爱。后来，苏青又写了一篇《女像陈列所》，张爱玲又为其作了一幅画。如此珠联璧合，让杂志的反响空前热烈。

张爱玲与苏青的关系好到连苏青的小女儿都说："妈妈和张爱玲常常交换衣服穿，从来不分彼此。"

古语常说"文人相轻，自古而然"，况且于今为烈，女子尤甚。可是这两个红遍上海的女作家不仅没有轻视过对方，反而惺惺相惜。

文人的事向来都是说不清道不明的。文字是从来都没有办法一较高下的。文学不同于武学，谁的武功厉害，武术场上一较高下便立见分晓。这也是自古以来文人相轻、武人相重的缘由。

1944 年 8 月，张爱玲的《传奇》由《新中国报》所属的《杂志》社出版，短短四天的时间便一售而空。《杂志》社为了给之后的再版做准备，决定在上海康乐酒家举行《传奇》茶话会，邀请了张爱玲、苏青等十几个人。主持人是《新中国报》总编鲁风和《杂志》社主编吴江枫。会上，吴江枫打趣道："苏青女士与张女士很熟，可以发表几句。"苏青只是笑着说："我不说，我写下来！"说着摸出一张名片写了起来。吴江枫接过名片就念了起来："我读张爱玲的作品，觉得自有一种魅力，非急切地吞读下去不可。读下去像听凄幽的音乐，即使是片段也会感动起来。她的比喻是聪明而巧妙的，有的虽不懂，也觉得它是可爱的。它的鲜明色彩，又如一幅图画，对于颜色的渲染，就连最好的图画也赶不上，也许人间本无此颜色，而张女士真可以说是一个'仙才'了，我最钦佩她，并不是瞎捧。"

苏青器重张爱玲，是真心实意的，《天地》从第 11 期到第 14 期的封面都改由张爱玲设计了。封面上画了蓝蓝的天，天上飘浮着几朵白云，画了地，地面上有一尊菩萨仅露出头部仰天而望。此有天地至尊的寓意。

谭正璧曾经比较过苏青与张爱玲两人。他说："两人中，张爱玲是专写小说的，因此她的思想不及苏青明朗；同时作品里的气氛也和苏青截然不同，前者阴沉而后者明爽，所以前者始终是女性的，而后者含有男性的豪放……我们如果把两者同样重视，那么张爱玲在技巧方面始终下着极深的工夫，而苏青却单凭着她天生的聪明来吐出她别的女性所不敢吐露的惊人在语，对于技巧似乎从来不去十分注意。就文艺来论文艺，两个人的高下应该从这地方来判分和决定的。"

在张爱玲与苏青之间，其实还夹着一个胡兰成。这个男人，让两个女子一见倾心，只是一个远望，一个近瞧，纵然最后两人都是镜花水月、空梦一场。

胡兰成这样的男人是危险的，他总是随时随地在寻找猎物，他勇于追求，放弃的却也从容，犹如从不曾得到一般。倘若这两位奇女子都允诺，他恐怕要全都收入囊中，一晌贪欢。

他是卑鄙的，可是他的野心让他膨胀。

胡兰成自认在红粉佳人中是善于周旋的名流，自信自己的才华、长相和身价会极受女性的欢迎。果不其然，初见张爱玲，两人即一见倾心，互生仰慕之情。

关于他们之间还有一段佳话。据说胡兰成入狱以后，苏青邀请张爱玲陪她一同前往周佛海先生的家，去替胡兰成求情。因为这一事件，胡兰成出狱以后还特意给张爱玲写了一封信，尽管那时候他们两人还素不相识。尽管他清楚地知道自己出狱绝非周佛海的功劳，因为他和周佛海之间矛盾极深，周佛海绝不会在这个时刻帮助他，但是他依然非常感激张爱玲。

信写得十分富有诗意，读起来像一首诗。张爱玲很快回了信，只有短短八个字："因为懂得，所以慈悲。"

从此之后，胡兰成每隔一天的光景便去探望张爱玲一次，时日久了，张爱玲竟感到十分烦忧，内心陡然生出些委屈的情绪来，于是便给胡兰成送去一张字条，字条上写明让他不要再来探望自己。可是胡兰成怎么会言听计从呢，他探望得更加频繁了，不久之后，两人即确定了恋爱关系。

张爱玲赠送了胡兰成《天地》杂志上刊出的自己的照片，照片后写着："见到他，她变得很低很低，低到尘埃里，但她心里是欢喜的。"

胡兰成是个花心的男人，他不专情于任何一个女子，他拜倒在她们的石榴裙下，却又飞快地逃开。他欺哄着她们，利用她们，而且不觉得有丝毫愧怍。

提到张爱玲，就不得不提胡兰成，而胡兰成也是苏青《续结婚十年》中谈维明的原形。在《续结婚十年》中，苏青写自己曾与一个叫谈维明的男人有过一段露水情缘。苏青最开始对他是有好感的，因为他像是一个十足的男人，脾气刚强，说话率直，态度诚恳，知识丰富，又有艺术趣味。他虽长得不好，又不修边幅，却有一种令人佩服的风度。苏青即刻被他吸引了，最后竟不由自主地投入他的怀抱了。

"'你恨我吗?'他严肃地说。

"'……'

"'恨我什么呢?'

"'你不负责任。'

"'我要负什么责任?'他忽然贴着我的脸问，'同你结婚吗?'

"'谁高兴同你……'

"'这样顶好。'他又严肃地说，'我可从来没有想到过要同你结婚过。你不是一个安分守己的女人，怀青。谁会向你求婚便可表明他不了解你，你千万别答应他，否则你们的前途是很危险的。一个聪明能干的女人又何必要结婚呢? 就是男人也是如此……'

"'那么你又为什么同我……'

"他哈哈大笑道：'这因为我欢喜你。怀青，你也欢喜我吗？'

"我骤然把脸闪开来，笑道：'我是不满意。在我认识的男人当中，你算顶没有用了，滚开，劝你快回去打些盖世维雄补针，再来找女人吧。'

"他显然愤怒了，但却又装得鄙夷不屑地说：'你怎样可以讲这样的话？'

"'我本来是一个这样的女人，哈哈！'

"他郁郁地走了。听他脚步声去远后，我这才扶枕痛哭起来。"

男人与女人之间的决斗——胡兰成后来绝口不提他与苏青之间的这段风流往事。他的身边从不缺少女人，又何必在意苏青一人呢？而苏青又怎会善罢甘休呢？她要报复。她把这段往事写在了《续结婚十年》之中，可是即便如此，她又如何能释怀呢？这一段往事，使得她与张爱玲彻底决裂了。

　　蒹葭苍苍，白露为霜。所谓伊人，在水一方，溯洄从之，道阻
　且长。溯游从之，宛在水中央。
　　蒹葭萋萋，白露未晞。所谓伊人，在水之湄。溯洄从之，道阻
　且跻。溯游从之，宛在水中坻。
　　蒹葭采采，白露未已。所谓伊人，在水之涘。溯洄从之，道阻

且右。溯游从之，宛在水中沚。

——《诗经·蒹葭》

蒹葭苍苍，伊人在水一方。画纸上的沧桑，和着漂泊的雨，还有你眼角的泪珠，是我负了你的旧梦。

# 第五节　古今往事

徒步天涯，光阴茕茕而立，时光低眉回首，她曾经的风情万种而今竟成了镜花水月。灯火阑珊深处，遍寻她的身影，而今不在。

1942年10月16日出版的《古今》杂志第9期上，刊登了苏青的散文《论离婚》，此系苏青首次在该杂志上露面。《论离婚》是苏青散文串珠中最美的一颗。

"性的诱惑力也要遮遮掩掩才得浓厚。美人睡在红绡帐里，只露玉臂半条，青丝一绺是动人的，若叫太太裸体站在五百支光的电灯下看半个钟头，一夜春梦便做不成了。总之夫妇相知愈深，爱情愈淡，这是千古不易之理。恋爱本是性欲加上幻想成功的东西，青年人青春正旺，富于幻想，故喜欢像煞有介事地谈情说爱，到了中年洞悉事故，便再也提不起那股傻劲来发痴发狂了。夫妇之间顶要紧的还是相瞒相骗，相异有殊……闹离婚的夫妇一定是很知己或同脾气的，相知则不肯相下，相同则不能相容，这样便造成离婚的惨局。"

《古今》杂志的老板朱朴曾同苏青讲道："陈公博看了《论离婚》很是赞美，那你何不写点文章奉承奉承他呢？这样你找工作的事就好办了。"面对着窘迫的家庭生活及嗷嗷待哺的孩子们，苏青最终还是落了笔，写下了《〈古今〉的印象》。

"陈氏是现在的上海市长，像我们这样普通小百姓，平日是绝对没有机会可以碰到他的。不过我却见过他的相片，在辣斐德路某照相馆中，他的 16 寸放大半身照片在紫红绸堆上面静静地叹息着。他的鼻子很大，面容很庄严，使我见了起敬畏之心，而缺乏亲切之感。"

陈公博为政治人物，早年参加中国共产党，而后脱党而去，加入中国国民党。后追随汪精卫，叛国投敌，成为中国第二号汉奸人物。

而后，在柳雨生的举荐下，苏青参加了上海市文人交流会，并且在会议上结识了陈公博。陈公博听说了苏青的遭遇后，十分同情她，给了她租住房间的钱，让她能够从堂姑丈的住处搬出来，以免受寄人篱下之苦。

"姑母亲自递给我一封信，信封足足一尺长，印着机关的名称，旁边用墨笔写上'金城'两字。我不禁'咦'了一声。姑母的眼睛锐利地逼视着我，我不免心里慌了起来，只说句：'大概是不想干的朋友写来的……他老是借用机关的信封。'姑母怀疑地笑了一笑，也就走了。"

这是《续结婚十年》中的一段，陈公博亲自去信邀请苏青来他办公室，要给她一个职位，让她做官。

　　和仪先生：

　　昨晤周夫人，知先生急于谋一工作，同时我也知道中日文化协会有问题，非一朝一夕之事。

　　我想请你做市府的专员，但专员是没有事做，也太无聊。派到各科办事，各科习惯于对于无专责的专员，时时都歧视。所以我想你以专员名义，替我办办私人稿件，或者替我整理文件。做这种工作，不居什么名义也行，但有一件事——不是条件——请你注意，最要紧能秘密，因为政治上的奇怪事太多，有些是可以立刻办的，有些事是明知而不能办的，有些事是等时机才可以办的，因此秘密是政府内为要的问题，请你考虑，如可以干，请答复我，不愿干就做专员而派至各科或各处室办事罢。

　　至于薪俸一千元大概可以办到。

　　此请

祝安

陈公博启

6 月 19 日

1945 年 8 月 15 日日本宣布无条件投降后，为逃避惩罚，陈公博于 8 月 25 日在日本人的帮助下，乘飞机从南京逃到日本亡命，历时一个多月。但终究因为国内掀起了一股严惩汉奸的热潮与国民党政府的一再要求，10 月 3 日陈公博被送回南京，立即被捕。

在看守所时，陈公博每日伏案书写《八年来的回忆》，竭力为自己与汪伪集团辩护。1946 年 6 月 3 日在苏州被执行枪决。

最初使苏青扬名上海的杂志是《古今》，她也许是该杂志最为器重的女作家，是经常为其撰稿的唯一女性。苏青于 1943 年创办了《天地》杂志，当时社会上风传她能够办得起这份杂志，全靠了陈公博的鼎力支持。又有言传说苏青是陈公博的情妇，理由是苏青曾在伪上海市政府做职员，其时陈公博正兼任着伪上海市市长，她遂成为陈公博的"女秘书"之一。

抗战时期纸张很紧张，陈公博设法配给苏青很多白报纸，苏青坐在满载白报纸的车上招摇过市，很为当时文人诟病。但其实，苏青只是陈公博手里的一颗棋子，她被利用了。

后来，由朱朴引荐，苏青去往了周佛海家中，请求杨淑慧帮忙。杨淑慧很欣赏她的文章，认为一个女人能有如此作为很是厉害。

苏青是本不愿与他们同流合污的，但是迫于生计，只能不得已而为之。

苏青的《天地》杂志之所以能够创办成功，还要仰仗杨淑慧的大力支持，她除了支给苏青创办杂志的钱财外，还亲自撰稿，让苏青十分感激。

抗日战争胜利以后，周佛海一家落难之时，苏青还前去探望。

苏青在《续结婚十年》中写道："戚先生的手尽抖着，似乎有什么病，饭是仅有一些些，他吃完了便索饮冰水，我不禁抬眼瞧了他一下。他微笑道：'不要紧的，我的胸口有些闷。'又问：'我还有什么可以帮你忙的吗？譬如说经济方面……'我听了心中很难过，他以为天下都是势力者，不是借钱便不肯来的吗？戚太太以为我不好意思开口，便说：'你要什么我们都肯答应的，现在算是患难朋友了。今天我们还算比你富有些，将来也许要请你帮助我们呢。'我知道她也根本误会了，只觉得其言甚凄惨，听着几乎使我掉下泪来。"

苏青的《续结婚十年》出版以后，亲自送书到周佛海府邸，使他们夫妻两人深受感动。

没过多久，杨淑慧即写信给苏青，对她表示感谢并告知近况。

和仪贤姊惠鉴：

睽离二载，世事沧桑，可胜感叹。项接华翰，殷勤慰藉，隆情高谊，敢何可言！外子事幸蒙国恩，谅于报章早已得悉，必与妹同庆也。《续结婚十年》妹已拜读，字里行间可知吾姊年来应付难矣，妹本拟返沪一行，奈沪地无家可归，京地又须每日送守饭，故迟迟又迟迟矣。吾姊有假可否来京一转？斗室虽小尚可下榻。纸短情长，容当面诉。

此复。

敬叩

祝安。

妹杨淑慧

5 月 26 日

与臭名昭著的汉奸搭上关系实在不是什么光彩的事情，在《续结婚十年》中，苏青是十分不耻他们的种种行为的。可是迫于无奈，她的家中尚有两个孩子，她不可能抛下孩子，随心所欲地做事情。

这些污点让苏青吃了不少苦头，可是她并非忘恩负义之人，即使是在周佛海落难之时，她依然前去探望。

天涯已远，在此离别，道一声珍重。愿各自安好。

第六章

逝水东流
花事了

## 第一节 夜深月寒

天地之间，恍如白驹过隙般，忽然而已。

抗日战争的最后阶段，上海时局动荡不安，人民苟延残喘，政府风雨飘摇。谁还有闲情雅兴坦然地坐在沙发上读一份报刊呢？苏青创办的杂志《天地》已难以继续存活了。因为战争所导致的物资匮乏大大增加了投资的成本，那些曾经活跃于《天地》杂志的各大名家也都悄无声息了。

在各种压力与压迫之下，期刊滞销成了再正常不过的事情了。

当初苏青创办出版社及杂志，可谓天时地利人和，创办资金陈公博与杨淑慧均有大力支持，紧俏的配纸有人给予，作者队伍也甚是庞大。《天地》杂志的前十期，几乎都卖到脱销了。总之，一切都顺风顺水，一派红红火火的繁荣景象。

苏青于1944年将自己在《风雨谈》杂志上连载的《结婚十年》结集出版，半年内再版九次之多，到了1948年年底，竟然有十八版之多。当年的盛世景象今日已难再，只是难以忘却。

1945 年 11 月，上海曙光出版社出版的《文化汉奸罪恶史》将苏青等 16 位作家列名其上，书中列数了苏青的"卖国行为""罪恶事例"，指责她在《杂志》《古今》《风雨谈》等"汉奸"刊物上发表文章，还参加一些亲日性质的文化活动，像 1945 年由《新中国报》主办的"纳凉会"等。

1945 年 8 月 15 日，抗日战争结束，苏青因与大汉奸陈公博关系密切，备受舆论压力，被骂作"文妓""性贩子""落水作家""汉奸文人"等。

《前进妇女》将苏青写作"文妓"，罪状据说是：霸占文坛，造成一种荒芜的文风——奴化上海妇女的思想，麻木反抗的意识，使人们忘却压迫、忘却血的现实等。文章的最末甚至还表示应该销毁苏青的全部著作，禁止这类含有毒素的书籍发行和流通，以免危害现代社会的青年人。

1945 年 4 月，苏青发表了一篇题为《谈折扣》的文章，谈到了稿酬在文汇书报社遭到克扣，内心十分不平的事件。不料，旁人看不下去了，于是就写了《与苏青谈经商术》，发表在《社会日报》上，这个人正是作家周楞伽，与苏青熟识。

"作为一个宁波女人，比男人还厉害。不但会写文章，而且会领配给纸、领平价米，做生意的本领更是高人一筹。她出的书，发行人仅想赚她一个 35% 的折扣都不容易，竟然自己揹着《结婚十年》等著作拿到马路上去贩卖，甚至不惜与书报小贩在马路上讲斤头、谈批发价，这种大胆泼辣的作风，真足以使我辈须眉都自愧不如。"

光说了这些哪能够呢，危月燕接着说："虽然苏青小姐作风大胆泼辣，但就我个人来看未免失策，原因不外乎有这么几条：

"第一，是苏青小姐太急功近利，结果反而贪小失大，以她的《浣锦集》来说，实在不失为一本好书，但此书出到第七版仍然定价一千元，未免太贵，再版书售价应该低廉一些才能畅销。另外文汇书报社的六折、七五折，也不算太高，卖给地摊报贩，虽然可以提高一个折扣，但一本书也只仅仅提高了十元左右，另外，小贩一次最多只能批销十本，且不能立即支付现金，不如文汇书报社一次性可预先支付她书款的半数，如果只因为想多赚几万元，情愿放弃预支的现金，岂不是因小失大，失策过甚么？

"第二，是苏青女士不太懂得出版与发行之间交情的重要，社会上女人做事派头奇小。有时明知吃亏也要顾及交情，俗话说吃亏就是便宜，所谓'得道多助，失道寡助'就是这道理，如今上海的小报界对苏青女士的论调往往贬多褒少，岂属无因？如果认为都是有人从中在作祟，那就大错特错了，希望苏青能知错改错，反躬自省，若认天下人都是凶人，在《天地》杂志上写《敬凶》这样的文章，那么在社会上非成为孤独者不可。

"第三，商场上建立信用是第一要义，信用就是金钱，甚至比金钱还重要；苏青小姐只知金钱，不知信用，在发行中今天托这家，明天拖那家，甚至不惜纡尊降贵亲自跑到报摊上去接洽，为一两个折扣将协议置之不顾，虽然手段厉害，但一旦失却信用就无法在社会上立足。"

文章的最后一段用打油诗结束："勿贪小利，要卖交情，建立信用，第一要紧。结婚十年，应懂做人，出言吐语，自己谨慎。乱发脾气，非生意经，依法追诉，不知所云。得道多助，失道寡邻，不必敬凶，自有钱进。"

周楞伽曾是《天地》杂志的作者，曾不止一次地在《天地》上发表文章。现如今这一出是怎么回事？是作为一个朋友指正苏青的错误，还是根本就是酸言酸语地乱骂人？后者似乎多一点，毕竟"文人相轻，自古而然"。两个人早前恐怕就有嫌隙，现如今周楞伽借机踩苏青一脚，帮衬着文汇报说话。

当然，苏青也并非鼠辈，看到如此狠烈的言语，纵然百般宽容大度，也忍不下这口气，于是立即回敬一篇文章。

在 4 月 20 日的《光化日报》"饮食男女"这个栏目里，苏青写了一篇文章《女作家》，文章最后写道："情愿不当什么女作家，实在咽不下这口气！"

为此，苏青在 1947 年 2 月 22 日写的《关于我——〈续结婚十年〉代序》一文中，专门作了明确的回答。她在文中这样写道："犹太人曾经贪图小利而出卖耶稣，这类事情我从来没有做过。至于不肯滥花钱呢，那倒是真的，因为我的负担很重，子女三人都归我抚养，离婚的丈夫从来没有赔过我半文钱，还有老母在堂，也要常常寄些钱去。近年来我总是入不敷出的，自然没有多余的钱可供挥霍了……我的不慷慨，并没有影响别人，别人又何必来讥笑我呢？至于讨书款，我的确是一分一厘一毫都不肯放松的，这是我应得之款，不管我是贫穷与富有……书店要考虑的只是应该不应该付，应该付的账就应该让我讨，这有什么犹太不犹太？……不管人家如何说我小气，我还是继续讨我应得的款项。即使我将来做了富人或阔太太了，也还是要讨的，若不要钱我便干脆不出书，否则我行我素，决不肯因贪图'派头甚大'的虚名而哑子吃黄连的……这是我的做人的态度。"

苏青的日子每况愈下，甚至各种揭发她的秘密的小册子各处报摊都是。加之有关《结婚十年》《浣锦集》《涛》等书籍的盗版愈来愈多，不给版税的情况也越来越严重，苏青的生活过得甚是艰难。

生活似乎有了转机，忽而有一次，一位妇女界的小领袖找到了苏青，想让苏青为自己代写一篇文章，是恭维妇女界的大领袖的。这种为别人代笔的事情苏青怎肯答应？她义正词严地拒绝了这位妇女界的小领袖。但是没过多久那位小领袖又来了，说是大领袖已经知道了苏青的名字，对她很不以为然。

"她现在很忙，请她写文章的人很多，"这位小领袖十分得意地告诉苏青，并且颐指气使地接着对苏青说，"可惜忙不过来。假如你能够代她写一些东西，署名用她的，稿费全给你，她也许渐渐地能够谅解你。"

苏青怎会是那种卑躬屈膝之人，她为什么要得到那位大领袖的谅解呢？后来那位妇女界的大领袖对苏青的印象就更加坏了，逢人就问："苏青的文章是谁代写的？苏青的朋友是不是……"如此小肚鸡肠，以小人之心度君子之腹之人是如何成为大领袖的？

在苏青经济困难之时，也有一些报刊的主编约她喝咖啡，邀请她编副刊，只提了一个要求，就是让苏青把笔名换掉，毕竟没有哪个报社愿意跟一个"污迹斑斑"，甚至与汉奸有关联的作家合作。但是苏青却不肯轻易地换笔名，因为她深以为倘若换了笔名，就意味着自己真的做错了什么事情。于是她就正告那位编辑说，旁的时候笔名怎么换都不要紧，现在不能换。于是，他们没有达成共识。

不久之后，又有新的报纸想召集一些有名望的老作家为自己的报纸增加号召力，于是，他们就找到了苏青，想让她重出江湖，为自己的报纸号召一下，写几篇文章。苏青自然是痛快地答应了，条件当然还是不能要求她更换笔名，报社当时同意了。可是当苏青的文章发表在他们的刊物上引来骂声一片的时候，他们又要求苏青更换笔名，苏青义正词严地说："文章可以不写，笔名不可更换。"结果自然又是与他们闹得不欢而散了。

有些朋友听闻苏青近况并不如意，便跑来找她，劝她说："便改个名字又什么要紧呢？多少可以让别人平气些。你瞧许多沦陷区里写文章的人都纷纷改名了，只有你还是坐不改姓行不更名的苏青。"

朋友的做法完全是善意的提醒，想帮助她度过窘境。可是苏青却认为这跟赖账没什么两样。难不成笔名不叫"苏青"了，改成别的了，《结婚十年》就不是自己写的了么？所以，她决不肯改。旁人若是不愿意看她的文章，不看便是，也没什么。

人寿期满百，花开唯一春。

其间风雨至，旦夕旋为尘。

若使花解愁，愁于看花人。

——陆龟蒙《惜花》

　　她是坚韧的，她并非毫无原则地一味地向生活卑躬屈膝，她从不承认自己做错了什么，她亦觉得自己并无什么错处。如此倔强的女子，上天待她确实不公。

## 第二节　日薄西山

青苔暗生的老旧石椅，南来北往的水墨飞燕，唇齿之间的天光水色，千帆过尽的返璞归真……只等那草长莺飞、春暖花开的锦瑟流年。

1949 年 10 月 1 日，中华人民共和国成立。随着新时代的来临，老旧街道开始改头换面。所有旧时代的产物统统被付之一炬。王安忆曾在《寻找苏青》一文中写道："总觉着五十年代的上海滩，哪怕只剩下一个旗袍装，也应当是苏青。"因为什么？因为她是张爱玲的朋友。可惜，时代将老城的记忆彻底掩埋了。你对于苏青此后只剩下一个素面端正的印象，着一身女士人民装，缓缓地穿过巷口，再没了当年的神采。

1949 年底，苏青已经完全失去了经济来源，她不得不拖着疲惫的身躯四处寻找工作，好找条活路。终于，苏青在九三学社吴藻溪的介绍下加入了妇女团体"妇女生产促进会"，尝试开始新的生活，同时也可以养家糊口了。

这个当口，香港的熟人告知苏青，香港《上海日报》想请当年走红的老作家写稿撑门面。而苏青当年火遍了上海，写几篇文章赚些稿费自然是不成问题的。所以苏青立即动笔写了《市妇运会请建厕所》《夏明盈的自杀》等 32 篇稿件寄去，期待着能得到一些稿费补贴家用。然而，结果令人大跌眼镜，苏青非但没有收到分文稿酬，反而因"讽刺新社会"的嫌疑受到上海市公安局的警告。

1951 年，《解放日报》上刊登了一则消息，让苏青十分欣喜——上海市文化局戏曲编导学习班招生。第一届戏曲编导学习班让苏青十分心动，她前去报名应考。

戏曲编导学习班招收学生的门槛很低，目的就是为了让更广大的人民群众从战争的硝烟中走出来，去学习，进行娱乐活动，开阔眼界。

戏曲编导的三门考试课：一是写一篇剧评，这个完全难不倒苏青，因为她早些时间就在柳雨生推荐的中国电影公司做过编剧，所以写一篇剧评应该不成问题；二是论述文艺理论与戏剧常识；三是写篇唱词。面对如此专业的问题，没有受过正规训练的苏青傻眼了，她写不出，文艺理论与戏剧常识尚且能勉强应付一下，可是唱词却一句也写不出，考试结果自然是名落孙山。

可是当时的上海市文化局局长夏衍，对旧社会的文艺知识分子充满关怀，愿意拉拢他们，所以由他出面，破格录取了苏青。

据戏剧家周良材先生回忆，戏曲编导学习班中共有四十多位学员，绝大多数都是青年人和刚刚走出大学校门的大学生，只有苏青一人是已经四十岁的中年妇女。去戏曲编导学习班报道的那一天，苏青穿一身半新半旧的列宁装，一根腰带紧裹着她那已经发福的身腰，嘴上含了一支翡翠绿的烟嘴。四十几个学员之中，只有四位女生。

学习班地点设在延安中路浦东大楼的 8 楼，开班的第一天，苏青就凭借着豪爽热情的性子，引起了大家的注意。她去男生宿舍串门，风风火火，快人快语。

她甚至操着一口宁波话自报家门："我叫冯允庄，就是写《结婚十年》的苏青，你们几位，谁读过我的书?"

这一群青年人中，定然有许多文学爱好者，一听说眼前这位就是曾经风靡上海滩、鼎鼎大名的女作家苏青，都忍不住上前攀谈。周良材先生在《追忆苏青二三事》中说苏青是一位坦率单纯、毫无城府可言的女子。

"这位苏青也真有意思，谈着谈着，又回自己的宿舍去了。不多会儿，她再度出现时，手里捧了一大堆《结婚十年》。我们人手一册，无一遗漏，皆大欢喜。"

但是，苏青的这一举动一下子就在领导班子里"炸"开了，第二天，教务长就召开了会议，在大会上批评了苏青，说她的作品是旧社会的作品，宣传的是不健康的思想，不能在戏曲编导班内传播，并责令她收回全部书籍。

苏青并没有因为这件事情受到打击，依然谈笑风生。

从周良材先生的回忆中，我们可以窥见苏青豪爽的性格之一二分来。生活中的苏青就是如此干净利落，从不与人刁难，极好相处。

四个月的戏曲编导班学习尚未结束，上海就开展了"镇反"运动大逮捕，苏青不得不提前结束学习，她在毕业班里的最后一部作品为《兰娘》。

从学习班毕业后，苏青先是被分配到上海合作越剧团工作，但是戏剧团并不愿意正式聘用她，只把她签约为特约编剧，她改编的剧本《翠娘盗令》也是一拖再拖，未被选用。三个月后，苏青离开上海合作越剧团，组织上又把她安排到由尹桂芳任团长的芳华越剧团工作。

尹桂芳先生一生塑造过无数个经典的形象，曾出演诸多剧目，如《红楼梦》《西厢记》《沙漠王子》《盘妻索妻》《屈原》《梁山伯与祝英台》《江姐》等，她塑造的人物形象惟妙惟肖，给人留下十分难忘的印象。由于她艺德出众、人品高尚，越剧团的姐妹们都亲切地称呼她为"尹大姐"。她一生的成就可以这样形容："桂子香飘怡红院，芳馨长留汨罗江。"

苏青进入芳华越剧团后，有感于尹桂芳先生的忠厚为人，为配合"三反""五反"运动，与好友陈曼共同编写了剧本——《新房子》，但是由于苏青并不熟悉时代生活，所以这部剧本上映后反响很一般。

紧接着，苏青又编写了第二部剧本《江山遗恨》，这是一部有关农民起义的剧作，但是这部剧作上映时依然无人问津。苏青也因为劳作日久，日日咯血，又被肺结核缠了上，于是她不得不回家休养。

休养的这段时间里，苏青总结了许多失败的经验。于是乎，她重新开始了剧本创作。她根据《今古奇观》中的《卖油郎独占花魁》这出戏改编了《卖油郎》的剧本，戏剧上映后，得到了观众的认可，票房成绩挽回了之前两部剧惨败的尴尬局面。

后来，她又改编了郭沫若的历史剧《屈原》。苏青为了编写好这部剧，不仅自费赴京观摩赵丹主演的话剧《屈原》，还时时请教屈原的研究者文怀沙先生，受益颇多。苏青创作的《屈原》一共分为《橘颂》《贿》《疏原》《著骚》《诬陷》《阻会》《救婵》《天问》八场。

1954 年 5 月 22 日，农历甲午年四月二十日：芳华越剧团首演《屈原》。芳华越剧团在丽都大戏院演出了历史剧《屈原》，由冯允庄编剧，司徒阳导演，尹桂芳、徐天红、许金彩、戴忠桂、尹小芳等主演。

该剧在参加华东戏曲会演时，座无虚席，掌声雷动，给了苏青不小的鼓舞。会演结束后，《屈原》佳评如潮，演职员获奖的甚多，可苏青这个编剧却因为"历史问题"未能获奖。后来，她编的《宝玉与黛玉》在京、沪连演三百多场，创下了剧团演出的最高纪录。

出演《屈原》这部戏时，尹桂芳先生一改以往儒雅俊秀的小生形象，以老生应工饰演大诗人屈原。其中的《天问》片段里，尹桂芳运用绍兴大板，白口和唱腔交叉呈现，慷慨激越，给人以强烈的艺术震撼。

"叹人世黑白颠倒无是非，

浑浑噩噩梦一场，

以阳为阴阴为阳，

凤凰为鸡鸡凤凰。

君不见屈原怀抱高才世无双，

为何不能治国安民振家邦？

举目看天地玄黄，宇宙洪荒，

问苍天，公道在何方？

在何方？"

可惜没人怜惜苏青，她不过是那暮云归去之后的残花，天降大雨，将她摧毁。她为《屈原》一剧付出的努力与汗水，仅仅因所谓的"历史问题"被付之一炬，被踢出获奖的门外，一个有着历史残留问题的编剧怎配登上领奖的舞台呢？既然不配登上领奖的舞台，那为何还要选用她的剧本呢？

历史本就是自相矛盾的，它可以将你碾碎，使你毫无还手之力；亦可以面容亲切地代你向过去问好。别了吧，六月的艳阳天，那灼热的火焰迷住了我的双眼。

# 第三节　凄凄惨惨

　　人生如戏亦如梦，不过是雾里看花，水中捞月，到头来一场空。

　　山河易颜，春光失色。曾经风光难再现，过往的繁华转瞬即逝，犹如昙花一现。弹指一挥间，风华绝代的佳人转身即被投送进了牢狱之中，当年的无限风光到哪里去寻呢？

　　　少年听雨歌楼上，红烛昏罗帐。壮年听雨客舟中，江阔云低、断雁叫西风。

　　　而今听雨僧庐下，鬓已星星也。悲欢离合总无情，一任阶前、点滴到天明。

　　　　　　　　　　　　　　　　　　——蒋捷《虞美人·听雨》

　　深闺梦里，流光摇曳，残火灯烛，一树迷烟，半世惆怅。春光斑斓，小城易颜，伊人已脱去了妩媚妖娆的亮色旗袍，着一身半旧的素色中山装——她再难有当初的那般热烈，只是迫于生计，不得不一板一眼地活着，如一只蝼蚁般恐慌。

一场又一场的文学评论上升到政治高度，指不定什么时候就会被扣上一项"资本主义"的帽子，闹得人心惶惶。知识分子是不敢讲话的，百姓是听不懂知识分子讲话的。1954 年，来了一场来势汹汹的大批判运动。李希凡、蓝翎两个刚刚走出大学校门的学生，言辞激烈地批判俞平伯以"资本主义唯心论"的视角来研究《红楼梦》，俞平伯的助手王佩璋先是为俞平伯辩驳，而后又反戈一击，俞平伯就在这口水仗之间被推上了风口浪尖。

在这个风口上，苏青深觉倘若此时趁着风声正劲，着手准备《红楼梦》的创作剧本，势必会有极多的卖点，引起巨大的反响。于是，她开始着手准备剧本《宝玉与黛玉》。她托人引荐才结识了当时的复旦大学教授贾植芳先生。

贾植芳先生生于山西襄汾的一个商人家庭。他一身傲骨，为人处世不卑不亢，虽一生四次入狱，却以一己之力进行着革命斗争。

第一次入狱是在 1936 年 1 月。那年，贾植芳正值血气方刚的年纪。贾植芳因参加"一二·九"学生运动，被北平警察局以"共产党嫌疑犯"逮捕。狱中的贾植芳，坚持认为自己没有犯罪，并大闹牢狱，引起蒋介石的注意。他的伯父担心之余，花费了巨额银圆与鸦片将其保释出狱。为避免他再惹是生非，伯父给他买了一张大学文凭，并很快将他送往日本留学。

第二次入狱是在抗日战争时期。1944 年 12 月，贾植芳到徐州担任汪伪淮海省政府参议，暗中从事抗日策反工作，鼓动身边同志脱伪抗日。因煽动罪责，次年 5 月被拘捕，三个月后因日本投降而获释。

1947 年 9 月，贾植芳因在地下学联的《学生新报》上发表的文章被捕，一年后被留日同学保释出狱。

最后一次入狱是因为"胡风事件"。

胡风反革命集团案是 20 世纪 50 年代在中国大陆发生的一场从文艺争论到政治审判的事件，因主要人物胡风而得名。该案波及范围极广，许多知识分子、老艺术家全都受到了牵连。贾植芳被作为"胡风反革命集团"的骨干分子以"反革命罪"被判刑。

贾植芳一生四进监狱。他虽身为一介文弱书生，却有着铮铮铁骨，是一个热血男儿。他的一生都在为国效力。他虽无子无女，却与夫人徐敏爱如深海、情比金坚。

这是一位幽默而有涵养的老先生，他对自己的人生亦有自己独特的见解。他曾经说过："我觉得既然生而为人，又是个知书达理的知识分子，毕生的责任和追求，就是把'人'这个字写得端正些。"

如此一位侠肝义胆的老先生，如何能不受到苏青的敬重？所以，苏青写信请教老先生关于《红楼梦》剧本的创作问题以及与其相关的历史背景问题。很快，得到了老先生的热心帮助。

贾植芳老先生在回复苏青的信中写道：

允庄先生：

来信及《红楼梦》一切稿均收到。因为事忙，今日才读毕。我觉得全部精神及结构颇好，并能符合全书反封建主旨。作者是通过宝黛爱情来暴露和控诉封建制度的违反人性罪恶的，因此，必须深刻显示出爱情的社会定义来，它的纯洁性和丰富性。即是说，这两个正面形象必须通过细节描绘来充分地、尖锐地表现出他们所代表的历史社会现象本质的东西，即它的历史性和社会性，也就是作品的思想性所在。我认为，首先掌握了这一点，是提高剧本思想性和艺术性的关键。贾府罪恶和宝黛故事是一致的。

另外，我也请一个对古典文学较有修养的同志看了一遍，他的一些简单和不成熟的意见，都写在稿端，并供参考。

勿此，盼祝。

笔祺！

贾植芳

元月 5 日

贾植芳先生的帮助，让苏青受益颇多。之后，《宝玉与黛玉》一经上演，好评如潮，各地巡回演出三百多场，收获了巨大的成功。于苏青来说，这是见证她功力的一部剧，这部剧可以确确实实地确立苏青在越剧编剧界中的地位。她是被承认的，就此，她开始在越剧编剧界中有了一席之地。

　　紧接着，苏青又编写新剧本《司马迁》。她为了这部剧，再次请教贾植芳先生，言辞恳切。贾植芳先生对苏青也印象颇好，十分愿意跟她说些建议以及他对司马迁的理解。但是，不幸的事情很快就发生了。由于与贾植芳有书信往来，苏青被打成"胡风分子"。新剧自然流产，所有耗费的时间与付出的努力全都付之东流。

　　贾植芳被抄家时，他与苏青的来往信件被发现，虽然那仅仅是几封关于学术问题的信件，但是"胡风事件"的波及范围实在是太过广泛，所有与胡风有关联的人，或者与"胡风分子"有关联的人，统统被打成"胡风分子"，抓捕入狱。当时，苏青因为胡风案被捕入狱，在狱中的她百思不得其解，她自认与胡风毫无瓜葛，却依然逃不出这可怕的魔咒。

　　1955 年 12 月 1 日至 1957 年 6 月 27 日，整整一年半的时间，苏青被关押在上海提篮桥监狱内。她孤苦无依，在牢狱中苦苦地挨着，徒受折磨。

　　入狱后，历经一年半的审查，公安局发现苏青的问题并不严重，遂于 1957 年 6 月 27 日将苏青宽大释放。重获自由的苏青回到芳华越剧团，尹桂芳团长依然热心地接纳了她。

　　1959 年，芳华越剧团迁去福建，苏青本打算携小女儿一同前往，奈何剧团突然下发通知，告知苏青不必跟团前往了。不能跟团前去福建的苏青，遂被安排在黄浦区文化局下属的红旗锡剧团当编剧，兼做配角唱戏，同时还负责字幕，工作相当辛苦，所赚工资勉强可以糊口度日。

中华人民共和国成立以后，苏青写过一些符合时代风潮的曲目，如《雷锋》《王杰》等剧目，但是不知为何，这些剧目反响平平，并没有吸引多少观众的眼球，这也让当时的苏青十分气馁，创作积极性也大大地削弱了。她再也没有当年叱咤上海滩时的无限风光了。她似乎也觉察出来了，可是又能怎么样呢？

当初那个如丁香般结着愁怨的姑娘，如今早已被现实磨去了棱角，扔进人潮人海里。她早已失去了当初的样子，变成了一位为生活所逼迫的老妇人，蹒跚前行。

白衣红颜，都已老去。香艳的美梦也已醒了，这一生，就此淡了。

# 第四节　花落人亡

关于死亡，每个人都不可避免，只是一提起来，似乎又有些忌讳。英雄白头，美人迟暮，似乎是无法言说的殇。人生如棋，落子无悔，你曾经的笑靥如花，如今已飞上那璀璨的星空，随风漂泊。这一世的情缘已了，故人已无须再多加惦念。见过飓风狂浪，受过冷嘲热讽，红遍大江南北，如今久病卧床，残年自是凋零，只求早死，驾鹤西去。

昔人已乘黄鹤去，此地空余黄鹤楼。

黄鹤一去不复返，白云千载空悠悠。

晴川历历汉阳树，芳草萋萋鹦鹉洲。

日暮乡关何处是？烟波江上使人愁。

——崔颢《黄鹤楼》

垂死病中惊坐起，戚戚然扪心问自己，归宿在何处？年迈的母亲忽而同苏青谈了一番话，她暗自神伤。母亲是慈爱的，她心疼女儿命苦。母女两人辛辛苦苦半生，到头来却落得一场空。她想，两个人葬在一处或许是不错的选择。在《归宿》中有这样一段对话，发人深思，引人泪下。

"'阿青，我还有一句话要对你说，我前月已在湖汇山买了一块坟地，风水很好的，面积也宽大，我想回去写一张遗嘱，叫你弟弟将来替我们做坟时剩出一方空地，将来你便同我永远做伴好了。'

"我笑道：'母亲，等我老死上湖汇山的时候，也许你早已到别处投胎去了呢？'

"她一本正经地答道：'假使我今日同你说好了，我会等你的，我们娘儿俩一生苦命，魂灵在山中也要痛哭一场呀。'"

牢狱之灾过后，苏青还没过上几年平静的生活，"文化大革命"就来了。

苏青在上海沦陷时期与陈公博、周佛海走得太近，并有着千丝万缕的联系，所以自然是逃不开的。于是，她再度遭受磨难，被里弄监督、挂牌示众，被打入牛棚，进行隔离审查，又被送往农村劳动，三番五次地被批斗、被抄家。就这样，苏青的肺病复发了，她的身体彻底垮了下来。

苏青不能再继续创作剧本了，她被安排了看剧院大门的工作，每月仅有十五元薪酬，唯有靠着儿女每月的补贴，才可苦苦挣扎着苟活。她自己也常感叹，"存者且偷生，死者长已矣"。

她的遭遇实在令人同情，但总算被黄埔区文化馆收留了。

她已走向垂暮，生命快到尽头，她自己的心里是明了的。可是，她的内心却依然在担忧着，此刻还能让她烦忧的就只有亲情了。她最爱的小女儿与儿子都在近旁，她时时刻刻为他们忧心。苏青此时还在为小女儿谋求出国的机会，为小儿子找寻一份能养活自己的工作。因为小儿子从外地归来后，一直没有合适的工作，只能靠着摆地摊卖点零碎来养家糊口。苏青作为一个母亲，无论如何都不愿看见儿女吃苦。

1975 年 1 月，苏青被通知退休了。她离开了黄浦区文化馆，按她参加工作的工龄计算，工资只能拿到原来的 70%，原月工资 61.7 元，退休以后每月工资仅能拿到 43.19 元钱，日子过得极为艰难。

苏青晚年生活得极为凄凉，她原住在市区瑞金路，房屋简陋，要与邻居共用厨房、卫生间，且经常受邻居欺负。无奈之下，她便与郊区一户人家调换了住房，搬到了普陀区石泉路去了，以求安宁。

在漫长的岁月里，她与已离婚的小女儿李崇美带着小外孙相依为命，住在一间十多平方米的小屋里。日子虽然凄苦，可苏青却从不肯轻易地向命运低头。她热爱生活，也热衷于打理生活，尽管她已面目全非、满目疮痍。她常常同女儿一起读书，为了书中的故事与人物，或喜，或忧。

她或许是想到了什么，想到了自己当年红遍上海滩，想起了《结婚十年》中苏怀青的悲剧一生，抑或是感叹时运不济，命途多舛？

病情日益加剧了，苏青近乎不能出门了。除了偶尔读读书外，闲下来时她还会侍弄花草，那满屋子、满院子的花花草草是她在凄风苦雨的夜里最后的一点心灵上的慰藉。

朋友大多惧怕罪名缠身的苏青，恨不得离得她远远的，亲戚也没有一个来看望她的，大家都跟她划清界线了。此时此刻，唯一关心她的就是王伊蔚老人，两人常常书信往来，互相鼓励对方，可谓是患难见真情。

王伊蔚老人原是沪江大学校长刘湛恩夫人王立明创办的《女声》半月刊的主编，当时《女声》的名气很大，1935 年因政府新闻检察机关刁难以及经济困难不得不停刊。

抗日战争胜利以后，1945 年 11 月 1 日，王伊蔚主编的《女声》复刊，并且由原来的半月刊改成了月刊，她聘请苏青担任《女声》的特约作家。苏青还曾经在《女声》上发表过一篇文章——《记苏曾祥医生》。

日军占领上海之时，杂志《女声》（借用的是原《女声》之名）创刊，并且邀请关露担任主编。当时王伊蔚很反感替日本人做事，苏青亦是，两个人一直惺惺相惜。之后，苏青和王伊蔚结下了深厚的友谊，直到苏青离世前。她们彼此温暖、彼此信赖。

苏青在给王伊蔚老人的一封信中写道："成天卧床，什么也吃不下，改请中医，出诊上门每次收费一元，不能报销，我病很苦，只求早死，死了什么人也不通知。"

她写："人生一世，草生一秋，'花落人亡两不知'的时期也不远了。"

她又写："我今年已经六十九岁了，带病延年，也不服药。第一年搬来，我就在冬天大发气管炎，咳喘齐作。……我的朋友都不大来了（有的老，有的忙，有的势力）。……寂寞惯了，心境很舒服。"

苏青在病痛中，时时想着再读上一遍自己所写的《结婚十年》，可是那时的《结婚十年》早已经被列为禁书，四处都找不到了。

苏青的女儿为了了却母亲的心愿，四处托人寻找，终于托谢蔚明找到一本。但是因为此书是偷偷借出来的，要速借速还，所以谢蔚明便高价复印了一册，为的是苏青能够安逸地读完。

她终于去了。

1982 年 12 月 7 日，贫病交加的苏青永远告别了人世。风湿性心脏病、糖尿病、肺结核等多种疾病一直折磨着苏青，所以她早就想离开这人世间了。现如今，她真的离开了。倘若她不生在这个时代，她也无须承受如此多的苦痛。

她去了哪里呢？她去了湖汇山吗？哪里才是它的归宿呢？

什么地方是我的归宿？——湖汇山只埋葬了我的躯壳，而我真正的灵魂永远依傍着善良与爱。

殡仪馆内，一片森然，她静静地躺在灵堂之内。她终于安静了，可她又是如此怕孤独的女子。没有追悼会，没放哀乐，没有花圈和挽联，亦没有前来吊唁的朋友，只有儿孙五人，他们最后一次瞧了苏青的面容。她是如此苍白，她被推入火海之中，化为一缕孤烟。她走得太孤独了，她该是热热闹闹离开的。

苏青死后两年，上海市公安局做出了《关于冯和仪案的复查决定》，称："经复查，冯和仪的历史属一般政治历史问题，解放后且已向政府作过交代。据此，1955 年 12 月 1 日以反革命案将冯逮捕是错误的，现予以纠正，并恢复名誉。"

20 世纪 80 年代末期，苏青开始被挖掘出来，人们开始惊叹她的才华，她的《结婚十年》也不再被列为禁书，甚至她的一系列旧作，诸如《浣锦集》《饮食男女》等开始大量发行。世人这才真正地认识了苏青，这才愿意去了解她、剖析她，也才明白了她的苦衷。可是她永远那样明丽，即使是在寄人篱下、无所依靠的离婚之时，她的文字里也不曾有半点灰暗。她依然是那么风轻云淡，好像是一个旁观者，在讲一个与自己无关的故事。

她从不悲观，即使是在病重时，依然安心地侍弄花草，安然地等待着上帝的召唤。她这一生活得太苦，倘若有来生，不知她是否还愿意再渡一生。

冰心先生讲过，倘若今生是有趣的，那么今生就已足矣；倘若今生是无味的，那我不要来生。

苏青大约也是不愿意再渡来生的，她的今生太精彩，又太悲凉。

今夜，我的月光只为你张望，只因这月亮是我的法身。

后
记

# 今生今世　我看苏青

　　流连于世，恐为乱世多情人。当为情死，不当为情怨。来这人间走一遭，兴兴头头，眉眼柔情，过了八九十年，却依然有人时常记起。英雄末路，美人迟暮，千言万语缠绕指尖，结在眉心。万家灯火，来去匆匆，爱恨情仇任由他去，全抛入云端。斯人已逝，你侬我侬全化成了纸间的莺歌燕语，如三月的惆怅天湿了眼，淌了泪珠。枯黄的纸端写不满人生的卷首语。伊人往朝，悲欢离合，一曲唱断，直至终老。

　　世事一场大梦，人生几度秋凉。夜来风叶已鸣廊。看取眉头鬓上。

　　酒贱常愁客少，月明多被云妨。中秋谁与共孤光。把盏凄然北望。

——苏轼《西江月·世事一场大梦》

南柯一梦，江湖凄苦，转山转水，洗尽铅华。尘埃满身，虱虫满袍。今生今世，西风呼啸。高阁之上，托鸿雁寄一纸相思，红笺小字，浮生轮回。

大漠孤烟，长河落日，马革裹尸，铁骨柔肠。罪恶落幕，繁华枯败。陪君醉笑三千场，不诉离殇。

我什么也没忘，只是有些事只适合收藏，不能说，更不能想，却又不能忘。

这一世，我独自安好。来世，你我相约安好。

苏青——冯和仪女士，生前，她犹如一团炽焰，熊熊燃烧着。会有人因为这火焰被温暖，亦会有人被烫伤。她的身边从不缺少人，热热闹闹的，围满了人。这许许多多的人，在人海中慢慢地走散了，可他们的记忆还残存着。小河寂寂无声，桥头人去无踪。

张爱玲与苏青并称为"海上姐妹花"，两个人在苦寒的孤岛上，彼此温暖，惺惺相惜，最终却为了同一个男人，反目成仇，彼此陌路，再无通讯。她们一个孤傲，一个热烈，却在半城烟沙的尘埃里，彼此依靠，珠联璧合。可是这一美景，此世再难承受。

张爱玲的《我看苏青》用细腻的笔触将俗世的烟火一点点打明。张爱玲说自己是一身的俗骨，这是姑姑同她讲的，她自己也是承认的。在她心里，认为苏青也是俗的。可是这俗却又并不同于她，也不同于旁的人，她的俗带着潇洒的姿态，是在落魄之时亦能优雅从容地挥剑斩荆棘。

"苏青是——她家门口的两棵高高的柳树,初春抽出了淡金的丝,谁都说:'你们那儿的杨柳真好看!'她走出走进,从来就没看见。可是她的俗,常常有一种无意的隽逸。譬如今年过年之前,她一时钱不凑手,性急慌忙在大雪中坐了辆黄包车,载了一车的书,各处兜售。书又掉下来了,《结婚十年》龙凤贴式的封面纷纷滚在雪地里,真是一幅上品的图画。"

张爱玲是喜欢奇装异服的,上海滩的报纸也乐于讲讲这些来消遣。但张爱玲自己毫不在意,她是遗世独立的女子,昂着高贵的头颅,俯瞰着丑恶与虚伪的轮回。苏青却是如此真实,她扎扎实实地写每一个字,讲每一个故事,故事里的每一个人,都是她曾携手走过路的。途中遇见了,并肩同行了几里路,路过几处风光,看过星河落日、云霞孤鸟,挥了手,道了别,故事就留在了笔下。

"对于苏青的穿着打扮,从前我常常有许多意见,现在我能够懂得她的观点了。对于她,一件考究衣服就是一件考究衣服;于她自己,是得用;于众人,是表示她的身份地位;对于她立意要吸引的人,是吸引。苏青的作风里极少"玩味人间"的成分。

"去年秋天她做了件黑呢大衣,试样子的时候,要炎樱帮着看看。我们三个人一同到那时装店去,炎樱说:'线条简单的于她最相宜。'把大衣上的翻领首先去掉,装饰性的褶裥也去掉,方形的大口袋也去掉,肩头过度的垫高也减掉。最后,前面的一排大纽扣也要去掉,改装暗纽。

苏青渐渐不以为然了，用商量的口吻，说道：'我想……纽扣总要的罢？人家都有的！没有，好像有点滑稽。'

"我在旁边笑了起来，两手插在雨衣袋里，看着她。镜子上端的一盏灯，强烈的青绿的光正照在她脸上，下面衬着宽博的黑衣，背景也是影憧憧的，更显明地看见她的脸，有一点惨白。她难得有这样静静立着，端相她自己，虽然微笑着，因为从来没这么安静，一静下来就像有一种悲哀，那紧凑明倩的眉眼里有一种横了心的锋棱，使我想到'乱世佳人'。"

在张爱玲的眼中，苏青就像是乱世里的盛世人。她的本心是忠厚的，她也是愿意有所依附的；她是个爱热闹的人，一群人团团坐了，围着烤炉火，远比得上她一个人冷冷清清地孤寂着。于苏青来说，只要有个千年不散的筵席，叫她像《红楼梦》里的孙媳妇那么辛苦地在旁边照应着，招呼人家吃菜，她也是兴兴头头的。她的家庭观念很重，对母亲，对弟妹，对伯父，她无不热心帮助，即便在她的责任范围之外。这或许是幼时与堂兄堂妹生活一处，见证了大家庭的融洽相处之故。热心肠的苏青，就像一团火焰芯子一样，她在哪儿，明媚就在哪儿。

苏青不同于平常的女子，男人爱她，女人亦爱她。她非那豆蔻梢头的翠珠，亦不是行云深处的风月。薄凉一梦，红袖添香。张爱玲亦不是平常女子，她是那剑锋处的寒光，锋芒毕露。两个不幸的女子，秉烛夜话，浮世悲欢。

　　张爱玲同炎樱讲起苏青，"炎樱说：'我想她最大的吸引力是：男人总觉得他们不欠她什么，同她在一起很安心。'然而苏青却认为她就吃亏在这里。男人看得起她，把她当男人看待，凡事由她自己负责。"苏青平生遇到过许多男人，她见过他们的丑恶。她说男人是坏的，因为他们的爱情不专一、不永久，他们喜欢年轻貌美的女子。她敢于同他们决裂，却决不肯轻易地屈从。男人们怕她，说她矛盾，因为新式女人的自由她要，旧式女人的权利她也要。"这原是一般新女性的悲剧，可是苏青我们不能说她是自取其咎。她的豪爽是天生的。她不过是一个直截的女人，谋生之外也谋爱。"这世间还有多少女子依附在男人的怀中，可苏青却要与这些大丈夫论长短、争高低。苏青从不忌惮讲性，可是又偏偏很失望，挑来挑去，竟没有一个人是看得上眼的。那些老实人，他们照样坏透了。她又有她天真的一面，总是把人幻想得非常崇高，然后很快又发现他们的卑劣之处，就这样，一次又一次，她的憧憬终于破灭了。

　　"于是她说：'没有爱。'微笑的眼睛里有一种藐视的风情。但是她的讽刺并不彻底，因为她对于人生有着太基本的爱好，她不能发展到刻骨的讽刺。"

　　几句简语，就让人恍然看到了一位不再相信爱情的女子，她恨着这世上的男人，被他们伤透了心，于是只好说："没有爱。"

　　胡兰成与苏青素来交好，他眼中的苏青是没有禁忌的，甚至还专门写了一篇文章——《没有禁忌的苏青》，由衷地赞美这样一位女子。胡兰成是苏青与张爱玲决裂的根源，可苏青却是胡兰成与张爱玲的红娘。

胡兰成笔下的苏青是不甘寂寞的，所以总是和三朋四友在一起。胡兰成自以为看透了她，他说她不喜欢与比她有更崇高的灵魂的人来往，因为她没有把自己放在被威胁的地位的习惯。她是一匹不羁之马，但不是天空的鹰或沙漠上的狮。她怕荒凉，她怕深的大的撼动。她也不喜欢与比她知识水平更低的人来往，因为她从来没有要领导别人或替人类赎罪的念头。她也不喜欢和娘们儿来往，因为不惯琐琐碎碎。苏青的豪爽是公认的，无论男女，都由衷地欣赏她的这一点脾性。

甚至于苏青离婚，胡兰成也是赞成的。就是这样一位坚强的女子，才容易被忽视脆弱的一面，男人们都看不见她夜夜流泪的心无所依的样子，只希望自己是自由的，因为这可以减少许多麻烦。

"她的离婚，很容易使人把她看作是浪漫的，其实不是。她的离婚具有几种心理成分，一种是女孩子式的负气，对人生负气，不是背叛人生；另一种是成年人的明达，觉得事情非如此安排不可，她就如此安排了。她不同于娜拉的地方是，娜拉的出走是没有选择的，苏青的出走却是安详的。所以她的离婚虽也是冒险，但是一种正常的冒险。她离开了家庭，可是非常之需要家庭。她虽然做事做得很好，可以无求于人，但是她感觉寂寞。她要事业，要朋友，也要家庭。她要求的人生是热闹的，着实的。"

王安忆笔下的苏青是朴实的，如同那乘着黄包车去往杂货店买盐的所有家庭妇女一样。王安忆说，看懂了苏青，就可以看懂大多数的上海女人。她们是泼辣的，骨子里是世故的。她们虽面上能放开手脚，无所畏惧，心里却计算着分寸，晓得做人的大道理，知道这世界表面上没规矩，暗底下却是有着钢筋铁骨的大原则的。在《寻找苏青》中，王安忆说苏青是一个时代的记忆，是一个城市的历史，是绝不可被抹杀的。

"苏青却跃然在眼前。她是实实在在的一个，我们好像看得见她似的。即便是她的小说，这种虚构的体裁里，都可看见她活跃的身影，她给我们一个麻利的印象，舌头挺尖，看人看事很清楚，敢说敢做又敢当。我们读她的文章，就好比在听她发言，几乎是可以同她对上嘴吵架的。她是上海三十年代和四十年代的马路上定着的一个人，去剪衣料，买皮鞋，看牙齿，跑美容院，忙忙碌碌，热热闹闹。而张爱玲却是坐在窗前看。我们是可在苏青身上，试出五十年前上海的凉热，而张爱玲却是触也触不到的。"

"苏青的文字，在那报业兴隆的年头，可说是沧海一粟。在长篇正文的边角里，开辟了一个小论坛，谈着些穿衣吃饭、侍夫育儿，带有妇女乐园的意思。她快人快语的，倒也不说风月，只说些过日子的实惠，做人的芯子里的话。"

"倘若能看清苏青，大约便可认识上海的女性市民。……所以她不是革命者，没有颠覆的野心，是以生计为重的，是识相和知趣，上海女市民个个都懂的，在她们的泼辣里藏着的是乖。这乖不是靠识书断字受教育，是靠女性的本能，还有聪敏和小心。"

　　"假如能够听见苏青说话，便会在上海的摩登里，发现有宁波味，这是上海摩登的底色。于是，那摩登就不由自主地带了几分乡下人的执拗，甚至偏狭。"

　　吴福辉教授是如此评价苏青的，"苏青的相貌、做派与她的言论基本一致，有当年的照片和同时代朋友的回忆可以作证，并不妩媚，却端正、健康，也穿时髦大衣，也烫时尚卷发，喜欢讲话，豪爽是有几分的，也会多心，突然不讲道理，很容易就掉掉眼泪了。她是个实实在在的女人。"

　　世人酷爱将张爱玲与苏青进行比较，说来说去，也无非总是那几件事情。他们都瞧见了张爱玲的孤傲，也都了解苏青的烟火气。

　　在《张爱玲曾引苏青为同调》一文中，吴福辉教授一语中的。

　　"作为女人，她是世俗的，物质的，与现实生活少距离。张爱玲旁观者清，说她：'苏青就象征了物质生活。'（《我看苏青》）这里包括对物质的愉悦，所以她能将日常生活的细枝末节，明朗地记录下来。她的文体，她的文字，都是如此。所写材料，不外是饮食男女，衣食住行：育儿、搬家、烫发、拣奶妈、吵架、送礼、打牌、做媳妇、坐写字间、过年、买大饼油条、伙食断肉的记载，最喜欢的事情是吃饭，夏天的吃、宁波人的吃等，是市民生活的景象，用市民的眼光、情感、角度写出来。不免琐琐碎碎，但亲近人生。上海女人的精明、世故、会办外交，伶牙俐齿，懂得生计，做一点点小梦，擅长营造温暖的窝巢，都在这里了，落下一个结实的真实。"

　　"'苏青'在上海实际是无处不在的。你只要挑一个风和日丽的天气，
徜徉在南京路、城隍庙，或衡山路、'新天地'这些地方，蓦然回首，就能
见到这里一个，那里一个，似是而非的'苏青'们在向你擦肩走来。"

　　她是如此真实。青山常在，绿水长流，她裹挟着一身尘埃去了又回。
世上如侬有几人？化为一缕青烟，飞上云端；化作一抔黄土，撒向大地。
今生今世，就此别过。

　　伊人归来兮，伊人归来兮……